箱男

[日]安部公房 著
竺家荣 译

上海译文出版社

整治上野流浪汉
今晨拘捕一百八十人

临近严冬时节，东京上野警署，为配合防范持枪连环杀人狂一〇九号，于二十三日黎明时分，对台东区上野公园、国铁、京成线上野站地下通道一带滞留的流浪汉，同时进行了突击清理。以违反《轻犯罪法》（流浪罪、非法侵入罪）、《道路交通管理法》（在公共道路上进行违法活动）现行犯的名义，在上野公园内的东京文化会馆、地下通道等处共抓获一百八十人。警方将他们全部带往上野警署，留取了他们的指纹和照片后，通过台东福利机构，将自称患病的四人送往医院，九人送往养老院。其余的人，在写下"不再流浪街头"的保证书后被释放。但是，一个小时后，几乎所有的流浪汉都返回了他们原来待的地方。

我的经历

这是一份关于箱男的记述。

我现在在纸箱——是一个从头上套下来，正好遮到腰部的瓦楞纸箱——中开始写这份实录。

此时此刻，箱男，也可以说是我本人。这就是说，箱男正在纸箱中写箱男的自述。

纸箱制作法

材料：

空瓦楞纸箱　　一个

塑料薄膜（半透明）　　裁成五十厘米见方

胶带（耐水性）　　八米左右

铁丝　　两米左右

工具刀（作为工具使用）

（此外，作为走上街头的正式装备，还需要三个旧麻袋、一双长筒胶皮靴。）

空瓦楞纸箱的尺寸只要是长、宽各为一米，高一米三左右的规格，其他都无所谓。不过从实用角度考虑，俗称“四对折”的规范纸箱比较理想。首先，这种纸箱容易搞到。其次，由于这种纸箱一般用于不定型商品的包装，如形状不规则的食品、杂货类，所以做工也比较结实。再次，这个理由最重要，就是人们很难分辨这种纸箱与其他纸箱的不同。事实也如此，据我所知，几乎所有的箱男都不谋而合地使用这种“四对折”纸箱。因为要是纸箱有了突出特征，其特有的隐匿身份的作用就会被削弱。

现在的纸箱，一般都具有相当的耐磨度，也都进行了基本的防水处理，所以除了对付雨季等情况外，不必太挑剔。其实普通纸箱反而透气性好，轻便而实用。不过，对于一年四季都不想更换纸箱的哥们儿，我向他推荐“蛙皮箱”。就是那种表面有一层塑料膜的纸箱，箱如其名，耐水性极好。新的“蛙皮箱”表面就像涂了油，很有光泽，但据说容易产生静电，特别招粉尘，再加上这种纸箱的切面比较厚，有波纹，极易分辨。

虽说没什么了不起的工艺流程，但首先你要确定纸箱哪面为上，可以按照箱面上图案的上下方向来定，或者选择破损较少的一面为上，总之随各人喜好。然后，削去底盖部分。要是随身物品多，也可以不切掉底部，将底部开口向内折，用铁丝和胶带把两头固定住，那里面可以用来放东西。接下来，就是把纸箱的开口处——头顶上三处、侧面一处都用胶带封上。

最需要慎重的工序是加工窥视窗。第一步必须要确定窗口的大小和位置。具体细节必是各有各的喜好，所以以下数字仅供参考。窗口的上缘距离纸箱顶十四厘米，由此往下二十八厘米处就是下缘的位置，宽度四十二厘米比较合适。为了走路时头顶着的箱子不晃悠，我在头顶上固定了一本杂志——减去这本杂志的厚度后，开窗的上边线差不多齐眉。也许你会觉得开得太低了点，其实，在日常生活中，抬头往上看的机会是少之又少的。使用频率高、影响大的是窗口的下边线。这个位置一定要选好，要是行走时看不清前面一米五左右的路面，那会很不方便。至于窗口横向的宽窄，倒没有什么特别的根据，只是从不影响纸箱的韧性和通风的需要出发，随意定的。反正纸箱底部是空的，窗口当然是越小越好了。

再下一道工序是在开好的窗口上安一个不透明的塑料薄膜窗帘。做这玩意儿也有个诀窍。虽说只要用胶布把薄膜的一边固定在窗口外侧上方，其他地方随意即可，但我得提醒你一句，千万别忘了事先在薄膜上竖着开一道口子。这举手之劳，说不定什么时候会起到预想不到的作用。而且务必位于正中，还要让开口处的两片薄膜重合两三厘米。这样一来，只要纸箱是垂直状态的，就能够起到遮挡外面人的视线的作用。就是说，箱男把纸箱稍一倾斜，重合处便裂开一条缝隙，可以透过它看到外边。这个机关看似简单，却极其巧妙，因此选择薄膜时，一定要慎重，最好使用那种又厚又柔软的。气温稍一变化，立刻就变硬的便宜货不可取。那种风一吹就翻卷起来的更不能用。总而言之，薄膜的厚度和柔软度，必须以能够随着箱子的倾斜自动调节缝隙的宽窄，有点风也不至于翻卷起来为准。这条缝隙对于箱男来说，就相当于他的心灵之窗，千万不可简单地把它看做普通的窥视窗。对箱子倾斜度稍作操控，甚至能明确地表达箱男的态度。当然，箱男此时的眼神决不是善意的。即便是世界上最狠毒的目光，恐怕也无法与这塑料窗帘缝里射出来的阴暗与乖戾抗衡。对于毫无抵御能力的箱男来说，把这条缝说成是他仅有的几个护身术之一也不过分。如果有人被这条缝里射出的目光瞪了之后，还能做到不以为然的话，我还真想见识一下他是何方神圣。

如果需要经常出入熙熙攘攘的场所，还可以考虑在纸箱的左右两侧开孔。制作方法是：用粗钉子在直径十五厘米的范围内扎几个小窟窿，在不影响纸板强度的前提下，扎得越多越好。这些小窟窿既可以成为辅助窥视孔，又有利于辨别外界声音的方位。还有，从里向外开孔，使毛刺面朝外，比较有利于防止潲雨，尽管不太美观。

最后一道工序是把剩余的铁丝切割成五厘米、十厘米、十五厘米长，做成大小不等的钩子，固定在纸箱内壁。箱男的随身物品虽说应该控制在最少范围内，但诸如收音机啦，茶杯啦，热水瓶啦，手电筒啦，手巾啦，杂物盒啦，等等，都是无论如何也不能没有的。这些零零碎碎的东西收拾起来太费事，把它们挂在纸箱壁上，就规整多了。

至于为什么需要长筒胶皮靴，就用不着我再啰嗦了吧。只要是没有破洞的，就能对付着用。那几条麻袋是缠在腰上，以填补身体与纸箱壁之间的空隙用的，这样走起路来纸箱才不会晃来晃去。在腰上裹三层麻袋后，把腿前面一剪开，就行动自如了，比如大小便啦，或者干点其他什么的，都特方便。

箱男 A 君的故事

若只是制作纸箱，没什么难的，用不了一个小时就能搞定。问题是，把这玩意儿套在身上，变身为箱男，就需要相当的勇气了。因为原本是司空见惯的纸箱，可一旦有人钻进纸箱里，套着它走到大街上去，此人就立刻变成一个箱不箱、人不人的怪物了。箱男身上有着某种让人厌恶的毒素。当然，杂耍场里的熊男或蛇女海报多少也有点毒素，不过，这点毒跟门票钱相互抵消了。可是箱男身上的毒素就不是那么容易对付的了。

就拿你来说吧，恐怕还没有听说过箱男的事。当然不见得必须是有关我这个箱男的传闻，因为箱男并不止我一个。虽然没有这方面的统计资料，但全国各地都有为数不少的箱男存在的迹象。奇怪的是，迄今为止我还没有听说过箱男在某地成为话题的事。看样子，人们似乎打算对箱男三缄其口。

那么，你见过箱男吗？

好了，咱们就别再互相打哑谜了。箱男的确是很不起眼的存在。他们往过街天桥下面、公共厕所与公路护栏中间一蹲，跟垃圾没多大区别。但是，不起眼和看不见可不是一回事。他们又不是什么稀罕的东西，碰见他们的机会应该多得是。就连你也肯定见过的。我自然能理解你这种不愿意承认见过箱男的心情。视而不见的人何止你一个。人们或许并非有意，只是本能地移开目光而已。这也很正常，要是一个人半夜三更戴着墨镜或蒙着面在大街上转悠，别人当然会认为他想干什么坏事，不然就是做了什么见不得人的事。更何况全身都罩在纸箱里的箱男，无论被人家怎样怀疑，也没办法喊冤叫屈的。

既然如此，为什么会有人自觉自愿地加入箱男的行列呢？也许你会觉得不可思议，可要说到这动机，那真是琐碎得叫人吃惊。因为实在太微不足道了，简直算不上是动机。A 君就是个例子。

一天，一个箱男在 A 君住的公寓的窗根安家了。无论 A 君怎么不想看，他还是进入了 A 君的眼帘。无论 A 君怎么努力不理睬，也不能不去想。A 君最初的反应，是因异物入侵了自己的领域而烦躁、困惑，是对这个硬闯进来的异物深感厌恶和恼火。即便如此，起初 A 君还是按捺着怒火，打算静观其变。心想，过不了多久，附近那些对垃圾的处理等事情唠唠叨叨、好管闲事的人，就会想办法把那家伙给弄走。可是等来等去，一直没有人来收拾他。最后，A君实在忍不下去了，跑到公寓管理员那里去诉苦，仍然没有结果。毕竟只有A君的房间里才能看见这家伙，其他人是眼不见心不烦，凭什么管这闲事呢？所以，邻居们都装着没看见，免得麻烦。

最后，A君只好自己去了警察岗。接待他的警官厌烦地让A君填写报案单时，A君第一次感到了畏缩。

警官问："那么，你一定是明确地对他说过，叫他离开吧？"

警官这嘲弄的口吻，逼得A君只好下决心自己来对付那家伙。离开警察岗回家时，他顺道去跟朋友借了一支气枪。回家后，他先抽了支烟，定了定神，然后第一次正面怒视窗外，而不是像以前那样，只是侧目瞪视那个家伙。真是巧了，箱男的窥视窗这会儿也正对着他这边。两者间的距离只有三四米。仿佛看透了A君的无能，对方把纸箱一倾斜，窗上吊着的半透明塑料帘立刻纵向裂开，里面有一只浑浊的眼睛，直勾勾地盯着他。这下子，可把A君给惹火了，他推开窗，给气枪装上子弹，端起枪开始瞄准。

可是到底该瞄准哪儿开枪呢？距离这么近，连对方的眼珠都能打中！但是这样做的话，会给自己找麻烦的。其实只要把这家伙吓跑，让他以后再也不敢来就可以了。他想象着对方在纸箱里的姿势，以及那个家伙的身体轮廓时，压着扳机的指头开始泛白，他有点犹豫了。倘若这么端着枪，就能把对方吓跑，那是再好不过的！他也不想让箱男在这儿留下一滴血。不过，老这么耗下去也不是办法。一旦被那家伙看透了他的心思，这事儿就搞砸了。A 君焦急地这么端着枪，跟对方较着劲。可这么瞄着，工夫一长，怒火又涌上来了。时间仿佛被烤着了一般，燃烧到了尽头。他的手指扣动了扳机，于是乎，枪身，紧接着是对面的纸箱，几乎同时发出了一声用伞柄拍打湿裤腿般沉闷的响声。

纸箱猛地弹了起来，无论箱子做得有多结实，毕竟是纸做的。尽管它能承受较强的压力，但集中于一点的压强它是对付不了的。铅弹毫无疑问已经嵌入了那家伙的肉里。可是，居然没有听到 A 君预想的惨叫声或者咒骂声。纸箱弹跳了一下之后，又安静了下来，只是在缓慢地移动。A 君不知如何是好。他刚才瞄准的部位，是连接窥视窗右上方和左下角的斜线以下几厘米的地方，估计差不多是那人右肩的腋窝那儿吧。也许是自己太优柔寡断，结果打偏了？可是，从纸箱跳得那么高来看，又不像。这时，A 君脑子里浮现出一连串不快的想象。说不定，那家伙在纸箱里时不是对着正前方。可能他不是盘腿坐着，而是面朝箱壁弓着腿站着呢，整个下半身都缩在纸箱里，谁知道他是什么姿势啊。果真如此的话，就不能排除最坏的可能，即子弹擦过肩头，击中了他的颈动脉。

令人不快的麻痹感，在A君的嘴唇四周形成了一个椭圆形的环。就像在梦里跑步一样，他急切地盼望着接下来的动作。没有动……不对，他在动呢……千真万确在动呢！移动的幅度尽管没有秒针那么快，但肯定比分针要快，纸箱的确越来越倾斜了。他不会就这么倒下去吧？从里面传出干燥的黏土摩擦的声音。突然间他站起来了，没想到个子还挺高的！接着，里面传出一种敲打湿帐篷的声音。箱男缓缓地转过身去，低声咳嗽了几下，然后伸伸腰，轻轻摇晃着纸箱，迈开了脚步。也许是弓着背吧，腰的部位特别靠后，让人瞧着直担心。他好像说了句什么，但A君没有听清。他沿着建筑物走到人行道上后，拐了个弯，不见了。A君最大的遗憾是，没能亲眼看见箱男离去时，是一副什么表情。

大概是心理作用吧，A君觉得箱男待过的地面，比旁边的土显得黑一些。地上有五个踩灭了的烟头；一个塞着纸塞子的空瓶，空瓶里面趴着两只大蜘蛛，其中一只好像已经死了；还有揉成团的巧克力包装纸。此外是三块连成一线的拇指大的暗褐色斑点。这会不会是血迹呢？不对，大概是痰或口水吧？看到这些，A君带着几分抱歉做作地笑了。不管怎么说，这下子他的目的达到了。

半个月后，A君差不多把箱男的事淡忘了。只是上班时，他不知为什么，不太敢抄近路去车站了。还有，早上起床和外出进门后，先要往窗外瞟一眼的老习惯，他还没有彻底改掉。如果没有突然决定换冰箱，他迟早会改掉这些习惯的……

这个带冷冻室的新冰箱，商店当然是连同包装纸箱一块交给顾客的。而且，这种纸箱的大小正合适。取出冰箱后，看着眼前的空纸箱，A君突然想起了箱男。他的耳边响起了鞭子抽打般的声音。时光仿佛倒流了两个星期，那气枪子弹似乎嗖的一声射了回来。A君慌了神，想赶紧把纸箱收起来。可是，心里想的是一回事，做的却是另一回事。他只是翻来覆去地洗手，擤鼻涕，不停地漱口。也许是那颗弹回的气枪子弹在他脑子里乱飞，搅乱了脑神经吧。他看了看四周，然后拉上窗帘，提心吊胆地钻进了纸箱。

箱子里面很黑，防水涂料散发着一股甘甜的气味。不知怎么，他觉得这地方特别熟悉，这是一种眼看就要够到，却永远无法企及的记忆。他真想一直在这里面待下去。不到一分钟，他清醒过来，从箱子里出来。不无留恋地把纸箱暂时放在房间里，没有处理掉。

第二天，下班回家后，他苦笑着用小刀在箱子上抠了一个窗口，这回他学着箱男那样，从头上套下去试了试，但立刻把纸箱扔到一边，怎么也苦笑不出来了。究竟发生了什么，他自己也弄不明白。但是他的心脏剧烈地跳动起来，宣告着某种危险的来临。他铆足了劲——以不踢坏为准——一脚把纸箱踢到墙角去了。

第三天，他已经多少平静下来了。于是又钻进纸箱，从窥视窗往外面看。昨晚，自己为何被惊吓成那副模样，他已经想不起来了，只是感觉到确实发生了什么变化。不过这种程度的变化，倒是他求之不得的。四周所有景物上的刺都脱落了，变得光滑而圆润。现在他才意识到，从前那些习以为常的、以为是毫无害处的东西，比方说，墙上的污渍……胡乱堆放的旧杂志……天线头儿弯曲的小电视……电视机上塞满烟头的牛肉罐头盒……没想到，所有这些东西都长满了刺，给他造成了自己意识不到的紧张感。或许以前自己对包装箱的盲目成见才是应该丢掉的。

第四天，A 君罩着纸箱看了电视。

从第五天起，只要是待在家里，除吃饭、大小便、睡觉外，A 君几乎都是在纸箱里度过的。除了一丝愧疚外，他并没有感觉自己这样做有什么不正常。相反，他觉得这样更自然、更舒服。甚至对不得已而为之的独身生活，他也觉得是因祸得福了。

第六天，也就是换冰箱后的第一个周日。今天没有客人来，A 君自己也不打算出去。一大早他就钻进了纸箱。在那里边待着，他觉得安心、平静，但似乎还缺点什么。

午后，他总算知道自己想要什么了。于是，他立刻奔出家门，去大肆购物。从便盆、手电筒、热水瓶、野炊餐具、胶布、铁丝、小镜子、七色广告颜料，到不用加热就能吃的多种方便食品。买回家后，他用胶布和铁丝对纸箱进行了加固，带着一应用品，进驻了纸箱城堡。这样一来，吃喝拉撒都不用出来了。A 君在纸箱内壁——窥视窗的左边——吊了个小镜子，借着手电的光亮，先用广告颜料把嘴唇涂成了绿色，然后在眼睛四周描上了红色打边的彩虹圈。这么一描画，他的脸就脱离了人样，越来越像鸟或鱼什么的了。或者说，越来越像从直升飞机上俯视游乐场时看到的那种五光十色的风景了。对着小镜子，他仿佛看到正从这风景中匆匆逃离的自己的小小背影。真是绝了，自己这妆容和纸箱太协调了。他觉得自己终于成了配得上这容器的东西。他第一次在纸箱里小小手淫了一下。第一次套在纸箱里，靠着墙安然闭上了双眼。

第二天——冰箱买回刚满一周——A 君罩在纸箱里，轻手轻脚地走上了街头。后来，他再也没有回来。

要说 A 君有什么过失的话，不过是比别人对箱男多留意了一点吧。你不能嘲笑 A 君的行为。只要你在心里描绘或怀抱过类似的梦想，即世上有这么一座只为匿名的市民而存在的匿名的都市——所有的大门都对所有的人敞开着，即使是对素不相识的人，你也不用加以戒备；不论你是倒立着行走，还是在路边倒地就睡，都不会遭人呵斥；你可以随意叫人停下来，不需要特别的许可；你喜欢唱歌，尽可以放声去唱，唱够了之后，你可以想什么时候就什么时候混进无名者的人流——哪怕你只想过一次，就不要以为A君离自己很遥远，你已面临着与A君相似的危机了。

所以说，是不可轻易将枪口瞄准箱男的。

有备无患

不过，我还是要再说一遍，我现在是箱男。我想写写有关我的故事。

此刻，我就待在县道三号线的运河桥下头，边躲雨边写这个记录。我的表不太准，现在大概九点十五六分。这场雨是一大早下起来的，黑沉沉的夜空仿佛将它的裙摆拖曳到地面上。极目望去，只能看到渔业协会的仓库和木材场。既看不见人家，也看不见行人，桥上往来的卡车前灯也照不到我这儿。我现在写字用的光线来自吊在箱顶的手电筒。也许因为这光照吧，绿色的圆珠笔写出来字，看着却像是黑色的。

海边的雨闻着就像狗嘴里呼出的气味。蒙蒙细雨如同喷雾器喷洒般从四面八方落下，所以，这儿并不适合避雨。桥下的空间太高了点。不，我说的不适合，并不只是这儿避雨不适合，而是什么都不适合——在这个时候，待在这个地方本身就不合情理。就拿这个手电筒来说吧，这么使用它本身就是极大的浪费。像我们这些露宿街头的人，用的东西几乎都是捡来的，而且一般都捡得到。可是电池这类消耗品就另当别论了。也就是说，光是为了写东西用手电筒，对于我们箱男来说太奢侈了。最近路灯增多了，灯泡的瓦数也提高了，亮度改善了好多。如果待在能够边躲雨边看报纸的地方的话，写东西就不成问题了。

那么，我待在这箱男本不该来的地方，又是为什么呢？而且已经两个多小时了。这事或许该从头说起。当然了，不管我怎么解释，也没把握能够让你明白。反正你是不会相信的。不过，即便你不信，事实终归是事实，我也没有办法。告诉你，有人要买我这个纸箱。而且买主出五张万元大钞呢。我不顾下雨来到这儿，就是为了等我的买主。和你们一样，其实我也是将信将疑。我怎么可能相信呢？竟然会有冤大头愿意掏钱买我这个破纸箱，脑子没进水吧。

那么，我不相信，干吗还赴约呢？这道理非常简单，因为没理由不信，就是这么回事。就好像人们看见路边什么闪亮的东西，会条件反射般地停住脚步看看一样。我的这位买主，也犹如夕阳下闪闪发光的啤酒瓶碎片那么熠熠生辉。虽然知道没什么价值，但是破玻璃片反射的光有种奇特的魅力，让我恍惚觉得突然间窥视到了另一个时空。尤其是她的美腿修长而舒展，犹如人站在高处俯瞰到的那伸向远方的铁轨。她走起路来轻飘飘、蓝幽幽的，就像无遮无拦的蔚蓝色天空一般。反正没有理由相信，但是同样也没理由不信。我似乎已经不知不觉地被这双腿解除了武装。

当然，现在我感到有点后悔。更准确地说，我现在已被早晚会后悔万分的预感搞得心灰意冷了。我现在心情糟透了。再怎么想，这样做都有失箱男的身价。简直就等于干了一件自己放弃箱男特权的傻事。就算有什么希望，也不过是那种用高精度分析仪都检测不出的微乎其微的希望。我的纸箱是不是起了什么变化？很有可能。现在想来，自从我流浪到这个城市以来，纸箱表面似乎变得弱不禁风了，动不动就会出现擦伤。的确，这个地方对我怀有敌意。

当然了，选择这么个地方交易，一半是对方指定的，但也可以说是我暗示对方的。实际上，对于我来说有危险的话，对于对方也同样是危险的。桥头一带立着一个系红兜的地藏菩萨石像，像是供奉淹死的孩子的。通向上游一个小码头的石阶旁边，最近刚立了一块禁止戏水的白漆告示牌。好在我的窥视窗的塑料帘被雨淋湿了，透明感增强，视野清楚多了。运河边的混凝土堤坝，在窥视窗前切出一道灰蒙蒙的斜线。停靠在岸边的小货轮，迎着流淌的河流颤颤巍巍浮动在水面上，船上惨白的灯光淡淡地洒在堤上。有人要是从路上走过，就会像洒在衣服上的墨迹一样醒目。

瞧，一只猫蹿过了河堤，是一只脏兮兮的、毛色乱七八糟的野猫。它好像怀有身孕，肚皮胀鼓鼓的，宛如即将产子的鲱鱼。耳朵缺了一块，大概是打架时被咬掉的。我写东西的时候，还能看得这么清楚，至少可以说我的神经还正常吧。对方想偷袭我，也没那么容易！

这话不用我说了，我现在最希望的是她能够说话算话，自己来这儿赴约。不过，无法解释的问题太多了。掏五万日元买这个纸箱就叫人难以置信，她答应到这种地方来取货也不合情理。总之，没有理由相信，也没有理由怀疑。没有理由怀疑，也没有理由相信。我又想起她那浅淡得透明的细脖子了。不过，务必提高警惕，要做到有备无患！万一有什么不测，我打算把这个本子留作物证。不管我会怎么死，自杀的念头我是绝对没有的。我要是死了，绝对是他杀，不会是自杀的，一点点自杀的可能性都没有。无论我怎样为了逃避世人，躲进纸箱，人间蒸发，但本来箱男和氵

（中断是因为墨水没了。我从杂物盒里翻出一支旧铅笔，削铅笔用了两分半钟。谢天谢地，我还没被人杀死。证据就是：虽然圆珠笔字变成了铅笔字，但字迹没有丝毫改变。）

刚才写到哪儿啦？对了，好像是写到“流”字的三点水了。我想写的大概是“箱男和流浪汉有所不同”吧。不过，人们对于这二者的区别了解得好像不如我们箱男想象得那么清楚。二者的相同之处的确不少。比如没有身份证、不工作、居无定所、隐瞒姓名和年龄、吃饭或睡觉的时间地点不固定。还有……啊，对了，还有不理发、不刷牙、很少洗澡、几乎不花钱……

不过，乞丐、流浪汉他们似乎对这种区别格外在乎。我就受过他们不少的冷遇。这方面以后有机会也打算写下来。箱男尤其常常被那种“结帮”乞丐视为眼中钉。一旦靠近他们的地盘，便会遭到过激对待，而不只是漠视。这帮人对我表现出的敌意和轻蔑，比那些有固定居所、挣钱养活自己的家伙有过之而无不及。还有，到目前为止，好像还没听说有哪个乞丐改行当箱男的。我们箱男当然也无意加入乞丐一伙，彼此彼此吧。虽说如此，我并没有看不起他们。令我没想到的是，乞丐好歹还被看作普通人中的边缘人，可要是做了箱男，在人们心中的地位恐怕就在乞丐之下了。

方向感麻痹是箱男的常见病。一犯麻痹病，我就觉得地面在晃动，晕船似的直想吐。不过，不知什么缘故，落伍者的感觉箱男是完全没有的。我从不为自己的纸箱感到内疚。我甚至认为，这纸箱对我来说，不仅是终于寻找到的死胡同，而且是通往另一个世界的出口。虽然不知道通往哪里，但肯定是另一个世界的出口……尽管我描绘得很美好，可一直这么忍着呕吐感，透过小小的窥视窗观察外面的动静，跟待在死胡同里没什么两样。好了，不说大话了。现在我必须说清楚的，就是一句话，我现在还不打算死。

过了约会时间老半天了，她怎么还没来？太不像话了。她压根就没打算来吧？火柴只剩七根了，潮湿的烟真难抽！

约会吗……

我抿了一点威士忌，换一下口味！瓶里只剩不到三分之一了。

嗨，不来也好。被她放鸽子有什么大不了的。倒是她真的如约而至才让我吃惊呢。我担心的是，她前来赴约却又不现身的情形。我总是预感事态在朝我不太情愿看到的方向发展。我估摸有人会替她来。至于那个替身是什么人，我也能猜个八九不离十。他们肯定是一伙的，想让她做诱饵，把我骗来，在这桥下把我给宰了。既然箱男天生就是“被宰的人”——难道不是吗？因为箱男这种人就等于不存在一样。无论杀多少，都不算杀人——“杀手们”自然会打箱男的主意。不过，世间之事并非都会那么合乎逻辑地发展。我当然也做好了迎敌的准备。你看，这堤坝的斜坡被雨淋了，又陡又滑。当然，我也隐约感觉到，若论力气或许他们稍占上风。他们貌似要取别人的性命，心底却怀有自杀的愿望也说不定呢。

总归一句话，时间、地点简直就是给杀手们准备好的，连潮速也恰到好处。这条漏斗形状的运河，每当涨潮时，海水就会回涌。在运河的入海口处架着一座老式的厚墩墩的桥，就像箍了个大铁环似的。桥中央呈弓形，所以桥梁直到桥头都很高。我们这些箱男，本来就跟蜗牛似的成天背着经过防水处理的纸屋子随意挪动，并不怎么在意桥墩的高低，或者溷雨不溷雨。和真正的房子相比，纸箱的缺点不就是少了一层地板吗？只是箱男会比较惧怕从纸箱下面刮进来潮湿的风。不过，凡事都看怎么去想，正是因为没有地板，才用不着担心底下进水，即使涨潮时赶上下雨，水位突然升高，只要不漫过长筒胶皮靴，起身挪个地方就成了。那种潇洒，没有做过箱男的人是体会不到的。何况现在已经开始退潮了，不用担心水再往上涨。因废油污染而腐烂发臭的水草，沿堤岸形成了一条笔直的黑带，把周围的景物清晰地分为上下两个部分。

一排黑色的浪头，不知从何处涌来，荡平了水面细小的波纹。桥墩不远的下流处，出现了黏糊糊的大大小小的漩涡，犹如正在搅拌之中的水果糖糖稀。这些漩涡看上去并不深，不断有一些装鱼的木箱、竹篓残片、塑料容器等畏缩地靠近漩涡，瞬间便抖动着身子开始旋转，转了数圈，速度刚开始放慢，就被漩涡一下子吞噬了。

对了，万一有什么不测，就让这个笔记本也加入到那些木箱、竹篓残片的行列里去好了。如果有人出现在堤上，只要不是她，我就马上把这本子装进塑料袋，把它吹鼓后，系住袋口，再把系好的袋口折两下，然后绕上几道细铁丝。这些活儿大概需要二十二三秒。接着，在细铁丝上再缠一层红色塑料胶带，并留出一长段胶带（以便被人发现），用纸绳将一块拳头大小的石头捆在胶带上。这些五秒内可以搞定。整个作业加起来要三十秒左右，动作再慢，一分钟也足够了。而那家伙从码头的石阶上下来，走过滑溜溜的石堤斜坡到这儿，最快也得两三分钟，绝对来得及。只要对方表现出一点恶意，我就马上把这个袋子扔进水里去。由于拴了一块石头，肯定能抛得相当远。他怎么伸胳膊也够不着，只能眼睁睁地看着塑料袋滑向漩涡。万一那家伙是游泳达人的话，会不会跳进水里去追它呢？应该不会的。越是游泳高手，越不会干那种傻事。在开始退潮的一小时内，连小船都禁止通行。所以即使没看到堤坝上的那个牌子，也应该知道漩涡的危险。装本子的塑料袋被卷进漩涡，旋转了几圈后，最终会挣脱漩涡，漂向海面去的。几小时后，或者几天后，纸绳被海水泡断，石头就脱落了。于是充满空气的塑料袋便拖着醒目的红胶带，随着潮起潮落在岸边漂来漂去了。

可是，要是这会儿，那家伙突然出现了，怎么办……本子上写的这些内容，能指证那家伙是凶手吗？恐怕不行吧。就算我现在把他的名字写在本子上，也不会有人相信的。这样愚蠢地坦陈自己的动机，只能更加削弱笔记的可信度，使得一切越像是编造的了。不过，这方面我还没有什么疏忽之处。翻开这笔记本的封皮，可以看见背面右上角用透明胶带粘着一张黑白底片。虽然不怎么清楚，但肯定会成为铁的证据。照片上是一个腋下夹着气枪，枪口朝下，把气枪藏在身体侧面，小跑着逃走的中年男子的背影。如果放大的话，就能看清楚此人的细微特征。他不大会穿衣，但衣料相当好，很挺括，却配了条皱巴巴的裤子。虽然他肥胖敦实，手指尖却圆圆的，不像是干体力活儿的人。最明显的特征是他穿的鞋比较特别，鞋面很浅，是那种没有鞋帮的拖鞋式鞋子，这表明他从事的职业比一般人脱鞋的次数要多。

捡到这笔记本的人要是有点脑子的话，说不定可以发一笔小财呢！

瞧瞧，漩涡翻卷起来了，如同人胳膊上隆起的肌肉。尽管并非没有人路过，但完全不必介意别人的目光。在我头顶的桥上，每隔几秒钟，就有一辆满载冷冻鱼或木材的大卡车通过，轧得厚厚的水泥路面嘎嘎作响，发出巨大的轰鸣，它们只顾自己扯着嗓子叫唤，跟瞎眼的畜生一个样。所以说，只要对方有心杀人，岂止是处理尸体，即便是干掉活人，这里都是非常理想的地方。这是理想的杀人场所，同时也是理想的被杀场所。

铅笔秃了。太过分了吧。她到底来还是不来啊。

（这小刀锈成这德行，连铅笔都削不了。要是明天我还活着的话，一定记着去找几支圆珠笔来。好像在中学的旁门那儿捡的圆珠笔，油最多。）

有关封皮背面所贴照片的几点补充说明

◇◇◇◇◇◇◇◇◇◇◇◇

拍摄时间　　约一周至十天左右前的一个傍晚（时间感觉麻痹也是箱男的通病）。

拍摄地点　　酱油厂长长的黑院墙靠山一侧（照片中靠这边那道斜线就是墙的影子）。

当时，我正站在那儿小便，突然听到一声刺耳的声响，就跟被飞驰而过的卡车车轮弹出的石子打到纸箱上的声音差不多（我经常在路边过夜，对这种声音很熟悉）。可是，此时别说卡车了，就连三轮摩托车都见不到一辆，就在这时，我突然感到左肩一阵剧痛，就像虫牙咬到了冰块一般，连尿了半截的小便都给憋回去了。透过纸箱侧面的小孔望去，工厂的围墙尽头连着山坡，公路变成了沙石路，沿着养鸡场的红薯地拐弯的地方，有一棵老桑树伸展着枝丫（底片左边露出了树枝的一部分）。在那棵树后面，一个男人正直起腰来（即准备逃走的姿势）。此人从肩上到腰间斜挎着一根一米左右长的棍子，这根棍子在夕阳下发出铁青色的光。我立刻判断出，那是一支气枪。我也顾不得拉上裤子拉链，马上端起了相机（其实，当箱男之前，我就是一个刚刚独当一面的摄影师。不知怎的，摄影师当得好好的，竟鬼使神差地做了箱男，所以至今我还随身带着最基本的照相器材）。我转换纸箱的方向，连拍了三张（没时间对焦距，好在已经设定在1/250秒、F11上了，所以大致在焦段之内）。那男人迅速地横穿马路，从我的视野中消失了。

到目前为止发生的事，通过分析这照片，大多可以得到证实。然而，此后发生的事，就没什么东西可以给我作证了。我只能期待你，或者捡到这个笔记本的人能够相信我的证词，来为我补足证据了。

对于狙击手身份的初步推测　　请参阅“箱男A君的故事”一节。受到箱男的传染，自己也想当箱男的人，最初往往是通过用气枪对箱男进行狙击这样的过度攻击的形态表现出来的。因此，我当时既没有呼救，也没打算去追赶对方。相反，一想到将要增加一个新的箱男志愿者，我甚至对他怀有了几分亲近感。想到这儿，肩膀也不觉得那么疼了，只是有点火辣辣的。因为接下来的日子里，那个狙击手必须忍受比我多好几倍的疼痛。既然如此，我又何必紧追不舍呢？

我望着气枪男消失后的空无一人的山坡，心里像坏了的自来水龙头一样湿淋淋的。从酱油厂飘散过来的那股焦糊砂糖似的臭味儿，犹如锉刀般不停地打磨着夕阳刻出的锐角影子。远处传来劈柴的单调的咔嚓声。再往远处，摩托车发出欢快的“突突”声响。过了两三秒，还是不见人影。难道说这附近的居民，都像蛴螬虫似的一个不剩地钻到地底下去了吗？这风景令人无比伤感，太过悠长而静谧。但是，什么都别想瞒过箱男的眼睛。只要凑近纸箱的小窗，藏在这风景背后的虚妄和丑恶便一眼洞穿。这条路，看上去像是通往什么地方的一条笔直大道，想要引诱我动摇、投降，你们打错了算盘，我才不会上你们的当呢。我现在只不过是想在这儿悠悠然地方便方便罢了。适合箱男去的，还是车站附近啦，热闹的商店街之类的场所。那样的地方虽然只有三四条路，却像进了迷宫似的，那种坦率劲儿让我喜欢，待在那样的地方就是舒坦。从今天的遭遇来看，这种小地方对我不太合适，因为这里的假直路太多了。一想起那拿气枪的男人迷失到那种直路里去的狼狈样，我不禁又伤感了起来。

摁着伤口的手指黏糊糊的，指缝里渗满了血。我突然紧张起来。东京热闹的地方怎么样不好说，但这个 T 市的闹市区是绝对容不下两个箱男的。如果他无论如何要做箱男，那么，我俩之间就不得不展开一场争夺地盘的比拼了。这次他用气枪没能把我赶走，说不定下次会用猎枪。刚才我对付他的办法是不是不太对头？实际上，有个男人曾多次试图接近我，有一次还叫我站住。每次我都是用老办法，从倾斜着的纸箱帘子的缝隙里，一声不吭地瞪着他。那个男人好像就是他。一般人是受不了箱男这一着的，就连警察、铁道公安都吓得躲得远远的。在把他逼到拿气枪来对付我的地步之前，我是不是应该对他说两句什么？

可是，由于新角色的出场，我的推测为之一变　　这个新角色是骑着自行车来的。当时，我正望着那条假直路沉思，突然背后有人对我说道：“坡上有医院！”同时，几根白嫩的手指拨开我的窥视窗帘，塞进三张一千日元的纸币来，简直把我这纸箱当成邮筒了。等我吃惊地扭过头来一看，那人已经在十米开外了，我只能瞧见她的背影，好像是个年轻的姑娘，不知她的声音怎么会那么嘶哑低沉。没等我拿起相机，那姑娘已经拐进了下一条街道，看不见了。虽然只有短短的几秒钟，她那两条蹬自行车的美腿却把我给彻底迷住了。那两条细腿线条匀称，性感十足，蹬车的动作非常轻松自如。腿弯里的肉嫩白嫩白的，就像双壳贝张开时的那种肉色。那腿实在太迷人了，以至于我连她穿的衣服是什么颜色都没记住。不过，我并不是被这两条腿给解除武装的。要不是那天晚上肩上的伤口发炎，我怎么可能主动去坡上的医院呢？不去医院的话，自然就不会知道朝我开枪的男人（有清晰的照片作证）正是那家医院里的医生，骑自行车的姑娘是那家医院的护士了。而且，我也不会傻乎乎地跑到这危险的桥下来等她（或是她的代理人）了。

然而，我只是叼着烟，把那三千日元数了一遍又一遍，然后折成三折，塞进胶皮靴里。据说被抓住的野鸟，关进笼子后宁可饿死也不会吃食。死囚却会美美地抽最后一支烟。我不是鸟，也没必要硬把他们两个人联系到一起去瞎琢磨，这么一想，我悠然自得地给烟点上了火。拿气枪的男人是拿气枪的男人，姑娘是姑娘，哪里有什么关联。姑娘之所以匆匆走掉，是因为她对于强加于我的这种慈善行为感到不太好意思，不愿意太张扬而已，这么想不就完了吗……

但是，无论我一支接一支地抽多少烟，要对我执行死刑的刽子手也不会老这么等下去的。行刑的时刻一点点地迫近了。黎明时，肩上开始化脓的伤口隐隐作痛起来，一阵一阵地，宛如狭窄的胶皮管般紧紧地箍住了我。我连忙钻出纸箱，去了山坡上的医院。进门一看，那个骑自行车的姑娘拿着注射器，背气枪的男人拿着手术刀正等着我呢！不过，我并没有感到意外，反而觉得这正是自己预料之中的场面。

等我在床上醒来时，透过弥漫着维他命和消毒液的空气，看见那姑娘正俯身看着我。护士的白大褂似乎具有使时间停滞的功能。时间一停止，事物的因果关系也就被切断，无论做出多么下流的事也绝对不用担心遭人谴责。遗憾的是，当时的我，根本没有余力干出什么下流的事，只是充满了某种解脱感，以至使我忘记自己脱离了纸箱的遮蔽，暴露在了别人面前。我向她倾诉起了自己的经历，她淡淡地微笑着不停地点头，那微笑仿佛是用凝固的空气雕刻出来，并用发光的毛刷上了色一般，让人毫无戒备，以至使我产生了一种错觉，以为自己在接受爱的表白。她的笑容甚至使我忘记了她那长长的白大褂，早已把她的腿严严实实地遮住了。我觉得自己像一只第一次振翅起飞的小鸟那样（蹒跚着歪歪扭扭地、拼命地）扑腾着稚嫩的翅膀。我终于要用自己的翅膀驾驭空气了，我就要飞翔了——我这样想着，沉醉在她那宛如春风般的微笑中，似乎自己已经没有必要再回那个纸箱里去了。然后，不知是什么时候，我和她达成了一个连我自己都觉得匪夷所思的协议，即我认识某个箱男（那是当然了），所以我可以按五万日元的价格（我甚至还竭力表示，她不掏钱也行）替她去把他的纸箱买过来。现在想来，我当时应该问清楚，她买这纸箱到底要搞什么名堂。不过，面对她的微笑，我实在问不出来，我觉得，在那种气氛下，问人家要纸箱干什么用，显得太愚蠢了。

刚一走出医院，她的微笑就消失得无影无踪了。我回到藏纸箱的桥下时，空荡荡的胃开始疯狂地折腾起来，我吐了半天酸水。看来刚才他们趁我不注意，给我打了麻醉针。到了现在，我才意识到中了他们的圈套，可是，我对她就是恨不起来。

（以下是十几行附记。别说字体，就连笔芯的颜色都和正文一模一样。）

——我说的是那个套着纸箱的要饭的……

——我知道，我是搞摄影的呀！摄影师就是专门偷看别人的人。人去哪儿，就把快门按到哪儿。我们这类人大概从根儿上就这么下作吧。

——我说的是旧的包装纸箱……

——我想，那家伙说不定是我的一个朋友呢。可能是我搞错了，不过也不能说肯定搞错了。他和我一样，也是搞摄影的，碰巧了……他自己也不知怎么搞的，就按了快门……洗出来一看，把箱男给拍进去了。于是就来了兴致，到处寻找照片上的那个家伙，可是再也没碰上。人没找着，那哥们却对拍街景着了迷。而且专拍人家最忌讳的那些城市阴暗面……因此，就必须偷偷摸摸地拍。就这么着，他突发奇想，要是自己套上纸箱，扮成箱男，一边四处转悠，一边拍摄的话，会怎么样呢？就连自己特意去找箱男都找不着，若是扮成箱男去拍照，别人肯定发现不了。据说这一着果然非常奏效。于是，他就开始假扮箱男，沉迷于街头的即兴摄影了。可是，当他在同行中渐渐声名鹊起时，却突然销声匿迹了。打那以后，他再也没回过公寓。后来听人说，他弄假成真，真的当了箱男……

——要是我才不在乎呢。别人爱怎么看就怎么看……

——不过，摄影师的眼睛就像刀子一样锐利无比噢，连你身上穿的衣服都给剥光了似的……

——以前我当过模特，才不在乎呢。

——说真的，只要我能做的，什么都想为你做。可惜我什么也做不了。说句你不爱听的，我这人能做的，充其量只是看着镜头按快门，然后让你那透明的身姿漂在显影液里。暗室里那萤石样的黄绿色的灯光……指着八点的秒针……不沾水的油膜般光滑的相纸表面……隐隐浮现出的显影……显影层出不穷……显影不断重叠……终于，你的裸体轮廓出来了，就像是一步步闯进我内心的犯人的足迹……

——我想要的，只是那个纸箱啊。

流浪汉曝尸街头
十万人熟视无睹

二十三日晚上七点左右，在下班回家和购物的人流熙熙攘攘的东京新宿站西口的地下通道里，新宿警署的巡警发现了一名靠在柱子上死去的流浪汉。

据该署调查，死者为男性，四十岁左右，身高一米六三，不胖不瘦，上身是长袖花衬衣，脚穿长筒胶皮靴，头发凌乱，貌似流浪者。该男子随身携带有一百二十五日元零钱以及几张报纸——大概是睡觉时铺垫用的。死者身上没有发现可以证明其姓名、住址之类的身份证件。

发现死者的地下通道，每天的客流多达数十万人（据新宿站统计），附近还有一排红色公用电话，非常热闹。据目击者说，该男子从当天中午开始就一直以这个姿势坐在那里，没有人给予关注。直到被巡警发现的六七个小时里，警方没有接到任何报警电话。另外，距发现死者的现场不到十米处就有一个警察岗，可是据值班警察称，由于死者所在的位置被柱子挡住，所以他没有看到。

后来，我打了几次瞌睡

你听过贝壳草的故事吗？我现在坐的地方——石坡上的石缝里长着的刺状叶子的草，好像就是这种草。

据说只要闻到贝壳草的气味，就会梦见自己变成了一条鱼。

这话听着有点邪乎，但并非全无可能。贝壳草喜欢富含盐分的湿地，易于落户海边，所以产生这种传说也不足为奇。还有一种说法是，贝壳草花粉中所含的生物碱会使人产生类似眩晕的轻飘飘的感觉，同时还会刺激人的呼吸器官黏膜，因此，它能使人陷入一种快要淹死的错觉。

但是，如果只是这些，也没什么大不了的。据说做贝壳草的梦，麻烦的不是做梦本身，而是从梦中醒来之后。鱼是什么感觉，我们人类当然不得而知，但据说贝壳草梦中的鱼对时间的感觉，和人清醒时候的感觉是完全不同的。时间要慢很多，现实中几秒的时间，在梦中仿佛过了几天、几个星期那么长。

不过，刚开始做梦时，由于对周围的一切都感到新奇，会在岩石背后漂荡的水草间穿梭，或在水波闪烁的光环中游弋，或追逐那些放松警惕的小鱼群，尽情享受摆脱了引力后轻松自如的感觉。身子轻了，感觉整个世界都轻了。那些与引力相关的病痛，什么胃下垂啦，肩颈酸疼啦，膝关节疼啦，脚背浮肿等等也不会困扰它了。它觉得自己至少年轻了十岁，玩得忘乎所以。身子变轻了，就像美酒一般使梦中的鱼陶醉了。

然而，真的鱼不好说，这梦中鱼早晚会从陶醉中清醒过来，并感到厌倦。在极其缓慢的时间流逝中，无聊感会越来越令它不堪忍受。这无聊的假鱼会厌烦成什么样子，应该不难想象。这是一种感官麻痹般的软弱无力感。渐渐地，它对自己终于获得的轻松自在的身体也反感起来，觉得自己浑身上下被紧紧捆绑着，像被塞进了一件鱼形的紧身衣里。为了感受那脚踏实地的实在感，它伸出了鱼鳍。所有的关节，都开始怀念以前承载过的肌肉和身体组织的重压。此时它特别想走路，可是，当它突然意识到自己没有了走路必需的脚时，不禁愕然了。

它这才注意到，自己不光是没有脚，连耳朵、脖子、肩膀都没有……最可恨的是，没有胳膊。这是一种无法形容的缺失感。这胳膊肯定是被人给拧掉了。无论是怎样的好奇心，最终都得用手去触摸一下，否则就无法得到真正的满足。要真正弄清对方的本来面目，就必须用手去推、去抓、去拧、去揪，只有用指头去感受才放心。好想尽情地去碰触，去抚摸啊。可是，这憋屈的鳞皮囊太可恨了！假鱼想到这儿，浑身铆足了劲，想要从里面挣脱出来，结果只是把鳃给撑开，使背鳍竖起来，挤出了几厘米长的胡椒色的鱼屎。

直憋得连鱼鳍尖都通红了，假鱼突然对自己产生了致命的怀疑："我莫非是个冒牌货？"一旦产生怀疑，它就发觉自己身上与众不同的地方太多了。不光是手和脚，生为鱼身，应该是没有声带的，怎么会这样叽叽咕咕地发牢骚呢？想到这儿，又痛又痒的感觉袭上了它的心头。

刚才这一切，也许都是在做梦吧？

如果是梦，这梦也太长了。长得都记不起来是从什么时候开始做起的了。自己到底能不能从这梦里醒过来呢？

有什么办法能在梦里验证自己在做梦呢……虽然比较初级，我也经历过几次，最可靠的方法是使劲掐自己的手背……不凑巧的是，我既没有掐手背的手指，也没有被掐的手背。这法子行不通的话，就从悬崖上潇洒地一跃而下试试看？记得用这种方式我也成功过好几次。的确，如果这个法子可行，没有手和脚也无所谓了。可问题是，海里的鱼该怎么坠落呢？

从来没听说鱼坠落而死的。即便是死了的鱼，也是从水中往海面漂浮的。让鱼在海里坠落，比让气球从空中坠落还要有难度。鱼在海里的坠落即便算是坠落，也是逆向坠落。

逆向坠落……

我想起来了，好像也有这么一招吧。反着朝天上坠落，淹死在空气中就行了。不管朝哪个方向，同样都有丧失性命的可能。朝天上和朝地上坠落一样，都会让我醒过来的。

虽说连这一招都想到了，但假鱼毕竟不是冷血动物，胆子特别小，一直犹豫不决。听人说，如果在梦中意识到自己是在做梦，这梦也差不多快醒来了。既然已经撑到这时候了，再多观察一会儿也无妨。

假鱼决定再等一等看。它似乎连意志都被染成了海蓝色的，变得青幽幽的了。

又过了几天、几个星期，假鱼不能不作决断了。台风来了，大型热带低气压袭来，连海底都翻腾起来。海里掀起的巨浪，迫使优柔寡断、胆小懦弱的假鱼也不得不鼓起仅有的那点勇气。其实它并不需要急匆匆地去赴死，只要看准时机，委身于一个浪头就足够了。

突然，涌来了排山倒海般的滔天巨浪（绝不亚于一字排开的五十台电锯同时发出的能量），卷起假鱼向前猛冲，抵达岸边时，波浪在被击碎的瞬间将假鱼抛上了空中，在空气中淹死了。

那么，从梦里醒来了没有呢？你可不能小看贝壳草的梦，这正是它不同于一般的梦之处。假鱼没等到梦醒就死了，所以，它不可能醒过来了。死了以后也不得不把它的梦接着做下去。这就是说，死了的假鱼只能像是被最先进的冷冻技术冷冻了一般，永远做假鱼了。

据说每次暴风雨过后，那些被打到海滩上的鱼里，一定会夹杂着不少被贝壳草的花香熏得昏睡过去的倒霉蛋。

可是，也不知道怎么搞的，我还是没有能够变成鱼。虽说昏睡过去好几回，却依旧是箱男之身。如此说来，无论假鱼还是箱男，其实并没有特别的不同。一套上这个纸箱，我这个人都消失了，成了一个假我。或许，像我这样已经对假货具有免疫力的人，甚至连做贝壳草梦的资格都没有。看来，箱男无论做多少次梦，终归只能继续做箱男了。

协议得到履行。从桥上飞
下来一封信及购买纸箱的
五万日元。就在五分钟之
前收到的。现附信于此

◇◇◇◇◇◇◇◇◇◇◇◇

我相信你。不要收据。纸箱也由你去处理。请务必在退潮之前将它解体，扔到海里去。

……

◇◇◇◇◇◇◇◇◇◇◇

这可真是峰回路转，让人始料不及。我把她这封信翻来覆去地看了好几遍。这信里还有没有其他含义呢？除了按字面意思来理解外，现在的我想不出别的解释来。我闻了闻这张折成三叠的绿色横线信纸，只闻到了一点消毒液味。

我一直以为，来赴约的是那个医生。我所考虑的种种对策，都是以医生袭击我为前提的。没料想来的是她本人。是的，她是自己来的。她亲自来了。她独自一个人……我真搞不懂，这是怎么回事……不对，我知道是怎么回事……其实，只不过是约定得到履行罢了，没别的。我有什么可慌乱的？这不成了盼着她说话不算数吗？没准自己真是这么想的。至少她要是说话不算数，和我还搭调些。她守了约，我倒被弄得措手不及了。也许是，等一下，也许有什么重要的问题被我忽略了。比如，她在这件事中所持的立场……还有作用……这些我都得重新思考一下……

……继续写下去，都没什么意义了似的。我既没有杀人，也没有被杀，所以没有什么可进一步解释的了。

这封连寄给谁都没谱的不着调的信……要不要撕掉呢？

我得沉住气。瞧瞧，这摆着五万日元呢。既然已经收下了，只把笔记本处理掉，怎么能行呢？她的要求是让我处理掉这个“纸箱”。收了这五万日元，纸箱的所有权就是她的了。要尊重她的意愿，我就得守约，把纸箱处理掉啊。不过，我还是想不通，把纸箱处理掉，到底对谁有好处呢？只是为了让我把纸箱扔进海里，就舍得掏五万日元？这人也未免太慷慨了吧？……要不就是，我碍着他们的事了？可别自恋了！他们的动机，一定是某种更为现实的东西。肯定有某种现实的理由让他们认为即使花五万日元也特别值……

我完全搞不清楚状况，如坠五里雾中。干脆把这五万日元还给她得了。要是以为我连这个都做不到的话，就太小看人了。

不过，会不会有另外一种可能呢？比如说，她不想让纸箱落到医生手里，所以才策划了这一幕。那个医生出于某种需要特别想弄到我的纸箱。起初，她也许是配合医生的计划的，或是假装配合的。然而，快到计划付诸实施的时候，她的顾虑越来越重。她感到这样做是不会有好结果的。可是，无论她怎样反对，医生都置若罔闻，逼得她只好从中作梗了。幸好，箱男本人对她抱有非同寻常的好感，于是，她便想先下手为强，让箱男自己把纸箱处理掉。因为只要纸箱没了，无论医生想要什么诡计，都可以防患于未然了。

不错……我觉得这个假设比较合乎情理……看这样子，不管医生的企图是什么，反正破费五万日元是不会亏本的。她从中作梗或出于利己之心，或出于袒护医生的目的，其动机不同，情况会大不一样。不过至少可以肯定，她和医生之间是有分歧的。果真如此的话，对我来说，不能不说是个好兆头……

虽说如此，我还是不情愿这么轻易地放弃纸箱。眼下还没有充分理由可以这么相信她。至少还要确认一下她的真实目的才行。这点权利我还是有的。而且说实在的，我对她这次的做法挺不满意的。她自己来找我本身没有问题，不过也太例行公事了点，竟然连土堤都没下来。她骑着那辆轻合金的五级变速自行车（借着货轮上的灯光……透过她那如镀金般亮晶晶的雨衣……我看见了她身体的线条……还有那曾解除了我的武装的膝盖和小腿肚的蹬车动作……)，飞快地冲过“禁止戏水”的告示牌，连我匆忙晃动手电筒给她发的信号都不理睬，直奔公路而去。过了一会儿，在距离我的纸箱两米左右前方的地面，颤悠悠出现了一个光圈，这是她隔着桥栏杆用手电筒照过来的。可是我没办法抬头朝桥上看，这是最令箱男头疼的死角。紧接着我听见什么东西落地的响声……有个东西落到手电筒光圈外面。我一看，是一个塑料袋（靠着里面石头的重量落地)，里面装的就是我刚才说的那封信和卷成圆筒的五张一万日元票子。然后她就走了。都已经到了跟前，却连个招呼都不打就走了。她那蹬车的腿肚子消失在黑暗里，紧接着亮闪闪的湿雨衣也消失了，最后连自行车的红色尾灯也看不见了。我看完信，正数钱时，突然间听到了按说听不见的毛毛雨声。其实也许是我脑袋里的血液流动的声音吧。

就区区五万日元吗？……我真想对她说说清楚……对于掏钱的人来说也许算是破财，可是对箱男来说，这点钱不值一提。他们也太不了解箱男了。太看轻纸箱对于箱男的意义了。我绝不是逞强，光靠逞强能在这纸箱里生活三年之久吗？我听说甲壳类寄居动物进入贝壳后，腰部以下就会软化，和贝壳长在一起，如果强行把它从壳里拽出来，它就会被揪断身子而死掉。我怎么能仅仅为了重返原来的生活就轻易地钻出纸箱呢？因为走出纸箱，就如同昆虫改变自身形态时那样，必须因此而蜕变为另一种生物才行。与她的邂逅，或许是一次绝好的机会，是我一直默默期待着的，可是……

可是，从箱男这个人蛹里，

将会爬出什么生物来，

连我自己也全然不知。

镜中所见

雨渐渐小了，却刮起了风。风每喘息一下，雨丝就像海蜇伞似的翻腾一次。眼前依然雾蒙蒙一片。不过，也许是那房子的位置很显眼的缘故吧，我正准备去的高坡上的医院门口的红灯，无论何时何地都看得见。那儿被暗绿色层层包围，就像眼中的斑点一般。这条路我虽然已经走过好多次，但这么套着纸箱走还是头一回，因此感觉特别远。尽管平时套在箱子里走路时，从不觉得走路有多累。

人们看外界事物时，往往只注意自己关心的那一部分。比如，对公共汽车站记得很清楚，而对于站牌旁边的比车站多好几倍的柳树却没有印象；掉在地上的一百日元硬币，一眼就看到了，而对那些生锈的弯铁钉、路旁的杂草之类却熟视无睹。也正是由于这种善于忽略的天性，人们才不大会迷路。然而透过纸箱窗口向外窥视时，情况就大不一样了。路上所有景物，都是同等规格的东西了。烟头啦，狗的眼屎啦，窗帘晃动的二楼窗口啦，被压瘪的汽油桶桶身上的褶皱啦，圆滚滚的手指头上紧箍着的戒指啦，伸向远方的铁轨啦，被雨水浸泡得硬邦邦的水泥袋啦，指甲里的污垢啦，没有盖严实的窨井盖啦……不过，我喜欢这所有景物。也许是因为它们远近不确定、轮廓不清晰，与我的境况有着相通之处的缘故吧。连垃圾堆都让我感到亲切。只要是从纸箱里看的风景，我就没有看腻的时候。

可是夜间走在这坡路上，纸箱就丝毫显示不出它的优势来了。走了半天，那医院的红灯还是老远老远的。它就像闭上眼时看到的眼底的血色斑点。由于脚下是石子路，才不像别处那么黑暗。一切细节都被省略了的、催人快走的风景。此外只剩下灰白的天空。（我忽然发现西边的天空上，云裂开了一条缝。）大概是因为夜太黑（所以我才讨厌黑夜呢）吧，也可能是因为我此行的目的太过明确了吧。

即便如此，我还是晃动着纸箱，不停歇地朝前赶。不过这纸箱不适于赶路，透气性不好，没走一会儿，就汗流浃背了。湿乎乎的污垢，弄得耳朵里面痒起来。由于走路时身体向前倾，纸箱碰到腰上，不断地发出声响，这是一种纸制品特有的脆弱声响。

我突然间听见了畜生呼哧呼哧喘息的声音。原来是一只大个儿的杂种狗。它粗鲁地用肩拱了拱我的膝盖，叫了儿声就跑了。它那被雨淋湿的背是红色的。我抬头一看，方知已到了红灯下面。透过薄薄的雾色，我看见了紧闭的铁门，边上有一个涂了夜光涂料的夜间专用门铃。可是我不打算叫门，因为我不想和那个医生见面。于是，我跨过栅栏，翻进了院子。狗已经先一步在那儿等我，它并没有叫唤。因为我事先喂过它，已将其驯服了。有一个窗口透出昏暗的光，没经修剪的杂草缠住了我的脚，看样子这地方以前是个花坛。我被花坛边的石头绊了一下，狗以为我在逗它，跑过来朝我撒欢。我站住脚喘了口气，渗出的汗迷住了眼睛。

她的房间，是绕到医院后面，从左边数第二个窗户。算起来还没过一个小时，她应该还没睡，即便是睡了，也是刚刚入睡，不至于因为睡得迷迷糊糊而被我吓得大叫大嚷。我此行只是想把五万日元还给她，取消我们的约定；可能的话，想和她好好聊一聊，哪怕是隔着窗户也行。看她的表现，说不准我还能用别的高招帮她一把呢。

先不想这些了，那个朝着院子的窗户里的灯光是怎么回事呢？那边是候诊室，旁边是诊室，再往里去……是不是里面放着什么门诊器械……已经过了十二点了，也许是灯忘了关吧，可我还是觉得有点奇怪。为保险起见，我决定还是去看一看。

这窗户下半截是毛玻璃，齐腰高，从外面只能看见天花板。像是下面的台灯发出的光线，划出一条抛物线，照到房间的最里头。要想看得更清楚，必须在脚底下垫东西。可是，现在又不能打着手电筒去找。幸好，我想起纸箱里的杂物盒最下面有个汽车后视镜。我预感这东西早晚会派上用场，所以没有扔。我把它擦干净，斜举着它，由下往上看。从狭窄的窗子里伸出一只胳膊，从缝隙间往上看，这可不是好受的姿势。不过遭这份罪也值得，和我预想的相反（我原以为这样看东西都是上下颠倒的），不仅能看清房间的全貌，而且上下方向几乎是正的。

最先看到的是大办公桌一角的台灯，然后是白乎乎的一片。镜子渐渐拿稳后，我从那片白色中分出了墙和门。好几层涂料也未能掩盖住伤痕的年代久远的墙和门。窗户边那张医院特有的高腿床也是白的。旧书旧杂志塞得满满的书架，颜色虽然黯淡了些，也涂成了同样的白色。虽是一个空荡荡、了无情趣的房间，但办公桌旁摆放着一套音响，看上去，这里好像是医生的书房兼寝室。

好了，房间里什么样子都无所谓的。不过是回头整理思绪的时候知道是这么个样子罢了。重要的是，房间里有两个人。我的注意力一直在他们身上。至于其他的事，我并没有仔细观察，只是像昆虫一样，用复眼去摄取那些镶嵌工艺的断片罢了。

其中一个人是她。既然她在这家医院里工作，那么，她此时在房间里也没什么稀奇的。问题是，她是光着身子的，她就这么一丝不挂地面朝窗子站在屋子中央，正在和谁说着什么。

听她说话的，是个箱男。他套在和我一模一样的纸箱里，坐在床头。从我这儿只能看见纸箱的背后和右侧面。这纸箱无论其大小、脏的程度，甚至连上面快要褪色的商品名印记，都和我那个纸箱分毫不差。这一定是个特意冒充我的冒牌货。纸箱里藏着的……无疑是那个医生了。

（我突然想起，眼前的情景似乎在什么地方看到过。）

她光着身子和我待在某个房间里，那裸体是那么鲜明，连手的触感都特别清晰……可是，这是什么时候的事？在哪里？……我可别被她骗了。这不是记忆，而是欲求的幻觉。谁会相信，今天我专门跑到这里来，仅仅是为了还那五万日元？在我的内心深处，一定早就在期待着眼前的情景成为现实吧。对了，我早就期待着能这样窥视她……窥视她的赤裸的身子，窥视比现在更裸的……一直这么窥视下去……

（题外话·红色字迹——我为什么对偷窥她这么着迷呢？是因为太懦弱呢，还是好奇心太强呢？我想起来，当初就是为了能够一直这么偷窥才当箱男的。我想透过小孔把所有地方都看个遍，可是总不能把世上到处都扎出孔吧，于是，我就想到了便携式的孔，即这纸箱。也许就是这么回事。我也不明白自己这样做究竟是为了什么，好像是想逃避什么，又像是想追踪什么。）

想偷窥她身子的欲望已经膨胀得连纸箱都快容不下了，如同被肿胀的牙龈撑得腮帮子鼓鼓的感觉。不过，这不能只怪我，她自己也流露过这个意思。因为她曾经暗示过，除了医生交给她的购买纸箱的那五万日元外，她还要额外付给我这个摄影师一些特殊补贴。

上次，做完肩膀手术后，她向我倾诉了自己的身世。把那些话整理一下，大致是这样的：来这里当实习护士之前，她是个学画画儿的穷学生（她有没有那个才能姑且不论），靠着去私人画室、业余画家俱乐部之类的地方当模特维持生计（话音里有种近似悔恨的苦涩）。两年前，她在这家医院做了人流手术（在我心中，她开始成为具有生理意义的女人了）。由于手术后恢复得不太好，就免费在这里住了三个月左右的院。这段日子里，医院原先的护士辞了职，后来不知怎的她就留下顶替了这个职位（这暴露出她性格中难以捉摸的、让人起急的一面）。虽然这里的工作比较忙，但待遇相当不错。只要没有急诊病人，夜晚和节假日她甚至还有时间画画。但是，不说收入的话，当模特仍然是她的最爱。她非常纯真地强调，并不是因为当模特舒服。虽说并不怎么忙，但需要相当的耐力，其实是很累的。不过，裸露身子时的那种心跳感成了她生活的张力，刺激了她的创作热情。（听到这里，我心里想，都是胡说八道！顺便说一句，她的画儿都是抽象的，跟模特毫无关系。）听她的口气，要不是医生坚决反对，她很可能现在还在干模特。

无论对摄影这一职业多么感兴趣，她说这些话明显是对我的挑逗。她从我肩膀的伤口里取出的气枪子弹，还有我那剪得跟狗啃似的头发，肯定认出了我就是那个脱去了伪装的箱男。而我竟然没有意识到她在装腔作势。当时我只想以一个保护者的宽容去抚平她心里的创伤。那个时候，我对她真的是垂涎欲滴，满眼都是渴望。我忽然就意气风发，想着在她被别人毁掉之前，我要先亲手毁掉她！我的眼睛长出了牙齿，我要咬死她。满脑子疯狂的想象，使我鼓胀的眼里充满了血，而且还勃起了！

从某种意义上说，我的疯狂想象已经变成了现实。她赤裸着身子……我在窥视……是的，我真真切切在窥视她的裸体。不过，这是带有附加条件的裸体。是已经被其他男人——而且是个冒充我的箱男——看着的裸体。这怎么能让我得到满足呢？笑话！只能给我的嫉妒之心火上浇油。就跟我正渴得嗓子冒烟的时候，人家给我看我自己喝水的画面一样，这不是勾人的火吗？我窥视着正在窥视她裸体的我自己。我回想起做过的一个噩梦——自己飘浮在天花板上，俯看自己的尸体，徒然做着绝望挣扎的噩梦。我感到羞耻，自我嘲笑起来。结果，一不留神，举着镜子的手稍稍松了劲，镜子一歪斜，映在镜子里面的房间不见了。我赶紧把镜子换到另一只手上，并将它的另一端顶在窗框上固定住，继续窥视下去。人就是这样，明明知道是海市蜃楼，可一旦渴急了，也会不顾一切地奔着它去的。

两个人面朝着对方，中间隔着四步远的距离。她的态度非常轻松惬意，令人遗憾的是，两人之间根本不像我想象的那样敌对。她已经把一小时前的事向他汇报过了吧。如果他们是一伙的，恐怕我早已成了他们的笑料。他们肯定在嘲笑我，说什么那家伙还真准时准点地在那个桥底下，像狗似的盯着漩涡，等着那五万日元赏钱呢，真是个一根筋的箱装男[①]……纸箱脑袋……纸箱厕所……箱入男[②]……箱屋[③]艺人……

不过，从光着身子的她的表情里，我丝毫感觉不到这种恶意和企图。我虽然颇感屈辱，心里却没有一点怨恨。

---

① 箱装是纸箱包装的意思。
② 日语中的“箱入娘”，指千金小姐。“箱入男”是作者造词。
③ 脖子上挂着一个箱形的微型舞台，操纵人偶进行表演的流浪艺人。

我一心一意地恋着她。被这个冒牌箱男骗走的我的花瓶啊。她那充满魅力的裸体，远远超出了我的想象。这是当然的，想象自然是比不上现实中的裸体的。正因为只有当你看它的时候它才存在，想看的欲望也就愈加迫切。一旦你不看时它就会消失，所以人们才会用相机拍下来或者画下来。裸体和肉体不是一回事。裸体是以肉体为材料，用眼睛作为手指塑造出来的作品。肉体虽然属于她，但说到她的裸体的所有权，我就算再不争气，也不打算眼睁睁地出让给别人。

她的裸体在左脚的支撑下，仿佛轻浮在水面上，又仿佛笔直地立在魔术师手指上的细绳子一般不可思议。她的右脚趾踩在左脚背上，弯曲着的膝盖微微向外张开着。奇怪了，她的大腿到底为什么对我有这么大的吸引力？是因为它暗示着生殖器吗？的确，从现代人的服饰结构来看，或许应该认为性器官不属于上身，而属于双腿。不过，比她更性感的腿我见得多了，还不能构成吸引我的理由。由于在纸箱里生活，只能局限于从下半身去观察人，所以对于大腿我是很有些见识的。应该说，大腿体现出来的女人味，首先在于其曲线的平缓。腿骨、筋腱、关节都与肌肉融为一体，皮肤表面不留任何痕迹。因此，与其说腿是行走的工具，还不如说它是性器官的盖子（这不是讥讽。我怎么会讥讽它呢？重要的容器当然应该有“盖子”啊）更恰如其分。既然是盖子，就得用手去打开它。所以说，富于女人味的腿的魅力（否定这种魅力的家伙就是伪君子）与其说是视觉性的，不如说只能是触觉性的。

当然了，我的意思并不是说她那视觉性很好的腿偏于男性。由于一边要抗拒大地的引力，还要经常负荷重物的缘故，男人的腿骨突出，关节凹而宽，成了以实用为主的步行机械。而她的腿，无论你怎么仔细打量，也找不到一点点支撑过体重的痕迹。真可谓是自由而舒展的腿形，如果非要打个比方的话，就好比是变声之前的少年的腿。是能够突然诱发走得疲惫不堪的男人们憧憬的腿……比方说，那种身轻如燕的……摆脱了大地引力般无拘无束的行走感觉。她的腿是随心所欲的，既不像女人那样不大走路，也不像男人那样支撑重压。她那飞快逃走时的腿（毫不逊色于性），对后面追赶的人简直就是一种挑逗。我并不是说她的腿缺乏性感（没有“盖子”的性也是相当具有挑逗性的），只不过是觉得，即使抵达了性，也仿佛还没到终点。这到底是因为我在她身上发现了我理想中的腿呢，还是仅仅把她的腿当作了我理想的腿呢？

与她的大腿相比，她的臀部更属于触觉性。大概是因为身体的重心压在那上头吧，那歪斜着的白色圆球上面有着一道深深的褶皱。右侧胯骨微微上翘，像鸟的胸骨般画出一条圆滑的弧线。从她的胯下涌起一股淡淡的烟雾。那影影绰绰的烟雾顶端在微风中摇曳。奇怪的是，她随意撩开的那轻飘飘的额发却纹丝不动，风似乎只能吹拂到腰间以下。估计是送风机的送风方向没调好，冷气只能在靠近地板的层面流动的缘故吧。由于她稍稍缩着腰部，腹部显得比较突出，给人一种完全不设防的感觉。而她的肩却使劲向后仰着，垂直于肩上的脖子，支撑着犹如即将脱落的合页般向前耷拉着的脑袋。尽管她的姿态显得很放松，却仿佛有根细细的钢芯戳在她的身体里。她的右手捂着肚脐，左手抚着胸口，宛如自己抱着自己似的。由于挺着胸部，乳房显得比实际上要小一些。乳房下侧隐约可见胸罩勒出的红色勒痕。对了，她的胯骨上边也有一圈貌似内裤留下的勒痕。看样子，她刚刚脱了衣服没多久。脱下的衣裤就在她脚边胡乱扔着。扔在白大褂上的小巧的黑色内衣，活像一只死掉的蜘蛛，瘫软无力地伸着腿儿。

她轻轻地咬住下唇，使劲咧开嘴角，同时扭动起身子来。望着她那咧着嘴的笑容，我觉得自己的心被一把悲伤而锋利的刀片剜去了。她媚劲十足地抬起头，挑逗地瞟着冒牌箱男。那家伙似乎说了些什么（反正是些没用的话），她回答了三言两语，然后像钢卷尺似的挺直了上身。伸腰的余波一直传到了脚趾尖，她顺势径直朝箱子走去。“没有搞错吧！”我不由得在心里叫起来，只觉得自己的横膈膜僵硬得就像一张湿漉漉的皮子，呼吸也停止了，额头上冒出的一道道油汗，把我的整张脸变成了熟透的哈密瓜。她好像从箱子那儿接过了什么东西。原来是一杯喝剩一半的啤酒。她居然和冒牌箱男共用一个杯子，实在让我受不了。尽管此刻我已经急得浑身冒火了，却没有砸破玻璃窗冲进去，之所以我能够这么克制，与她的背叛行为多少有些关系（此乃箱男的典型遁辞）。她就跟吸溜面条似的笨拙地把那半杯啤酒喝干了，然后把杯子塞回给箱子，摇摆着身体，大步后退。见冒牌箱男没有从纸箱里钻出来，我如释重负地舒了口气，从肩膀到腰部的紧张感都松弛了下来，身上发出了揭掉浆糊般的响声。她已经退回到原来的位置，又飞快地说起话来。突然，她闭上了嘴，抬头望着天花板，两只手掌在腰上抚摸起来。看起来，冒牌箱男又掌握了谈话的主动权，她只能百无聊赖地听着。

突然间，她以脚跟为轴，向后转了一个圈，然后趴在了地板上，膝盖贴着胳膊肘，高高地拱起了腰部。灯罩遮挡下的台灯的聚光，将她的身体夸张成一个触觉性的球体。她的上身、大腿和上臂构成了一个倒三角形，乳房恰好居中做盖子。我的眼睛虽然还盯着看，全身却已经开始发软了。这时，冒牌箱男向前倾斜着要站起来，纸箱缓慢地前后摇晃着。

忽然，脚下的地面像被什么东西拱着似的浮动起来，我一下子失去了重心，双膝跪在了地上。虽然我已经有些神志不清，但起码还知道不能发出声音。原来，地面并没有浮动，而是刚才那条狗闲得无聊，钻进了我的胯下。悄无声息地赶走这条狗很有难度。不但我自己不能出声，也不能让这条狗叫唤出声，不然就搞砸了。可是这畜生越来越兴奋，用它那湿答答的肥皂般的鼻头使劲地顶我，好像是打算钻进我的纸箱里来。没法子，我只好拿出一个牛肉罐头，开了个小孔，倒出点汤汁来让狗嗅了嗅，舔了舔，然后使劲把罐头扔得远远的。这狗也够可怜的，它得跟那个罐头一直搏斗到明天早晨了。

把狗打发走了之后，我赶紧返回窗前。镜面被我的手弄得雾蒙蒙的，我迅速用衣角擦了擦，重新举起来接着看。然而，屋内的景象已经为之一变，幸好，没有发生我所担心的事。房间里那个假货，并没有被撕破，也没有被毁坏，冒牌箱男和刚才一样的姿势坐在床边。当然了，也说不定他就这么套着纸箱侵犯了她。其实只要在纸箱前面开一个阴茎粗细的小孔，尽管姿势多少别扭点，想干什么也不是不可能的。不过要完成这件事，不光需要她的配合，还必须耐心地多花些时间才行。难道说，刚才我支开那条狗，用了那么半天吗？这也说不定。不管怎么说，现在她已经穿好了衣服，正靠着房间一角的办公桌旁抽烟。她套着长长的白大褂，严严实实地扣着扣子，连腿都看不见了。看不见腿的她，在我眼里忽然间陌生起来，宛如换了个人似的。她手里的烟只剩下三分之一了。她那棱角分明的眉眼显得有些疲惫。塞在白大褂口袋里的灌肠器露了出来，胶管缠绕在她那纤细骨感的手指上，指尖涂着银色的指甲油。简直让人无法相信，就在几分钟前，她还裸着身子。难道我刚才看到的一切都不过是镜中的幻影吗？

从远处的树丛中传来了正叼着罐头往地上砸个不停的那条狗焦躁的喘息声。我伸出手抓了抓后脖子，污垢便一股脑地卷了上来。我一边把这些泥条搓成团，一边沮丧得不得了。我认为绝对不可能发生，也不希望发生的事——她被冒牌箱男糟蹋的场面——事实上也没有发生，可是，不知为什么，我反而觉得深深地受到了伤害。也许是因为我三番两次受到捉弄的关系吧。

她一边掐灭烟蒂，一边摇摇头，用闲着的那只手的小指头掏着耳朵。台灯照在她脸上，显得两眼间的距离比较宽，还有点斜视。她怪异地咧开嘴，做作地笑着，像个顽皮的孩子。然后轻轻地摇了摇头，合上了嘴，凸起的下唇竟然很性感。她稍稍扭动上身，就像在踢一个无形的纸气球似的穿过房间向门口走去。一走起路来，她又变成了我印象中的她，那轻盈的脚步令人眩晕。对了，最容易感觉到的失重感，就是坠落感吧？冒牌箱男从床上爬了下来。她头也不回，拉住门把手，一闪身消失在了门外。冒牌箱男想追上去，朝门那边挪动着，活像一只被揪掉了腿的昆虫。他除了没穿长筒胶皮靴外，连腰上缠的破麻袋都和我的一模一样。门关上了，冒牌箱男站住了。他似乎不打算再继续追了，摇晃着纸箱转过身来，以不自然的走路姿势——很像内衣濡湿时走路的样子——回到了原处。我终于看见纸箱的正面了。无论是窥视窗的开口，还是塑料薄膜窗帘的样式、颜色和尺寸，竟然都和我的纸箱毫无二致。（除此之外，再没有别的小孔了——譬如伸出阴茎的小孔之类。）

话说回来，他仿造到这般程度还真是不简单。佩服！如果仅仅是出于嗜好的话，也太细致入微了。他到底想干什么呢？照这架势，不管我多么坚决地退还那五万日元，他也不可能轻易收下。或许应该这么想才对，从我收下这五万日元的那一刻起，真货的权利就转移到了他那边，我反而成了冒牌货。此时此刻，我的影子就像个机器人玩具似的，沿着房间的对角线摇摇晃晃地来回走着。我看着镜中的自己，无视我的意志随意走动，心里很不是滋味。真是个笨蛋！怎么还不给我从纸箱里滚出来？你喝醉了吗？再这样下去，你就真的出不来了，你知道吗！你要是真不想出来，不出来也行。那就让我代替你出来好了。嗯，这似乎是个不错的主意！她当初想到那笔五万日元交易，其真正目的……要是让我来做个乐观的推测的话，或许就是要把那家伙像现在这样关进纸箱吧。这样一来，她就自由了。我也借此机会，和纸箱一刀两断如何？

我决定暂且撤离此地。一味地急于求成算不得本事。只要肯下决心，扔掉纸箱不过是时间问题。回去好好整理一下心情，明天再来就是。但是，走之前我得看一眼她的房间。我穿过通往大门的石子路（被土埋得差不多了，走在上面没有声音），侧着纸箱，拨开齐腰高的朝鲜菊花丛往前走。走着走着，不知是不是草丛的热气使我产生联想，螺类贝壳里面的那种凹陷形状不断在眼前闪回。也许是她的腋窝的影像吧。不过，这栋房子朝北，后窗开得又小又高。尤其是她房间的窗户，还挂着厚厚的窗帘。勉强能看出屋里开着灯以外，什么也别指望看见。即使这样，我还是不死心，埋伏在屋檐下，耐心地等着发生什么。风吹动着屋檐上的雨槽，里面积存的雨水被刮了下来，大颗大颗的水珠打在纸箱上噼啪作响。即便是这样，她的房间里依然没有任何反应。

当然，仅仅是从纸箱里出来，并不费什么事。正因为这样，我才不打算特意出来。只不过，可能的话，我希望有人能搭把手，帮我出来。

写在其他纸上的
三页半补充

◇◇◇◇◇◇◇◇◇◇◇

（不光是纸不同，由于第一次使用钢笔，字迹也明显不同。不过，反正会有什么人给誊写到别的笔记本上，那样一来，纸和字就能统一了，根本用不着太神经质。）

——那么，后来呢？

——我的嗓子渴得直冒烟……

——那个杯子裂了。

——没关系。

——后来呢？

——还用说吗，脱了呀，说好了的……

——我问的是关灯没有。

——没有啤酒啦？

——我想知道的是，你脱衣服的时候房间里暗到什么程度。

——一片漆黑，所以脱胸罩的时候可费劲了。

——胸罩和开不开灯有什么关系啊？反正都得用手摸着脱呀。

——那倒也是……

——算了，然后呢？

——他急了，说什么要帮我脱，我没同意。

——真有意思。

——什么有意思？

——你不是说一片漆黑吗？他怎么会知道你解不开胸罩？

——就是知道，这个吧，就是一种感觉……

——所以，你就让他帮忙啦？

——怎么可能？

——为什么不让他帮？

——不是有约在先吗？绝对不许他碰我……再说，你看我的胳膊这么长，还能在自己背后握自己的手呢……

——好了，我知道了。这就是说，你是先在黑暗中脱衣服，脱完了再把灯打开的，是这么回事吧？

——就算是吧……

——那么，打针了吗？

——打了呀，还用说。

——光着身子？

——黑着灯，让我怎么割药瓶？

——给他看裸体已经够可以的了，用不着光着身子打针吧？

——那不是一回事吗？

——那可太不一样了。

——说话别那么大声。

——你听着，脱衣服的时候比脱光以后要刺激得多，是更露骨的裸，你懂不懂？打针也是这个道理，做着什么事情的裸体，比裸体还显得赤裸裸。连这个都不知道，那怎么行啊。

——我懂了，以后注意。

——按顺序从头再说一遍。

——就是脱完了衣服，再打开灯……

——应该是脱衣服之前先关了灯，对吧？

——关上灯，脱衣服，再开灯，然后给他打针。

——可是，这事听着也够新鲜的。在这段时间里，你们俩竟然一直都没说话。

——那倒也不是……

——真受不了你，怎么老是随便省略啊。

——其实也没说什么呀……我记得，开始聊的好像是天气……像这样一边摸着我的头发一边聊……

——不是说好不让他碰你的吗？

——只是碰了碰头发呀。

——碰哪儿还不是一样？

——不过，可能是偶然碰到的吧……

——你不用护着他吧。

——当时我弯下腰，想打开枕边的台灯。

——台灯？

——是他这么要求的。

——他要求什么？

——他说只靠上面的光亮，有些地方看不清楚。

——你怎么回事，老是这样添来添去的，还有完没完哪。

——好的，我注意一点。

——后来呢，那家伙说了些什么？

——他说要下雨了。因为看我的头发有点卷……

——嗨，汗湿的呗。

——嗯，真是汗津津的。

——你等等！是在他说要下雨之前，让你开台灯的吧？

——对，开台灯在先。

——你说话这样颠三倒四的，叫人怎么相信哪。

——对不起。我太累了。这种事，我不大习惯……你瞧，我的膝盖都在抖呢，就像坐在洗衣机上似的……

——那好吧，你过来！我的腿上总比洗衣机上好一点吧。

——真想抽支烟啊。

——深夜抽烟，皮肤会变粗糙的。

——总比不穿衣服强吧。

——你太夸张了吧。就不能把那种家伙看成男人。在他面前脱衣服不就跟在澡堂子里脱内裤一样嘛。

——纠缠这个事的不是先生您吗？刨根问底的，真啰嗦。

——我只是想知道事实是什么！

——过去了的事情，就让它过去算了。

——听你这意思，似乎真有什么你想忘掉的事？

——实在抱歉，先生想象的事，什么也没有发生。

——真是这样的话，当然是谢天谢地了。

——真的没发生什么。起初，他还揉着眼睛，让我做各种姿势，眼神就像在探宝似的。后来注射的药开始起作用，他的眼神也变得怪异起来，没过五分钟，就变得只是死盯着日光灯，仿佛根本没看见我这个人似的了。

——那不正好让他做梦去吗？

——不过，最后，我还是给他灌了肠。

——灌肠？

——你怎么这么啰嗦呀，一遍又一遍地问，也不嫌烦……你猜后来怎么着……他让我看一看他是不是勃起了。我实在烦了，就随便应付了他一下。看完告诉他，勉强起来了七八分吧……结果他突然发火了……说什么，你少来糊弄我，我还不清楚自己是什么情况吗……

——既然他清楚，何必要问你呀？

——说完这话，他又央求起我来。说是只要闻了我的汗味，就会举起来，让我再靠近他一点。

——开什么玩笑！那种阉猪，怎么可能起得来？

——就是啊，一点也没起来。他反倒呜呜地哭了起来，这下子，我心里还真的咯噔一下。不过，他也说不定是装出来的。因为我仔细一观察，发现他只有嘴形和声音像是在哭……还有，那口臭可真熏人……其实，说他央求我，也不过是一分钟左右的工夫。但他表现得特别兴奋，说什么，我这么趴着的话，从我屁股后面看，刺激得要命。

——你居然做出那么下流的姿势了？

——怎么会呢？大概是打的那一针在作怪吧。其实我一直是站着的，是他自己幻想出来的。可也怪了……这会不会是催眠术的作用呢……明明我哪儿都没给他看，他却产生了看到的错觉，不知怎的，我也觉得一定是这么回事。一想到别人在看自己，我浑身就酥软了，沉浸在自己怎么也站不起来、只能这么趴着的想象里。我感觉身上的血从屁股那里开始一点点地向后退，身体渐渐地变得没有血色，直到感觉浑身麻木……就像整个人一点点变成了石头似的……

——那么，灌肠做了没有呢？

——嗯，做完后……他突然止住了哭，一个劲地说着“快点，快点”，就像是个急赤白脸地想要硝化甘油的心绞痛病人……

——这家伙真够恶心的。

——虽说到底也没有勃起，不过反应是有的。他咬着牙，发出“咻，咻”的声音，仔细一听，原来在说“谢谢，谢谢”呢……

——你为什么没能拒绝他？

——先生刚才不是还说，不要想得太夸张吗？

——倒也是啊。

——求你了，让我歇会儿好不好。我真希望先生能够对我说一句“这些事都算不得什么”。

——那就先说到这儿吧，咱们都歇一会儿。你到我这儿来，别老是傻站着……把袜子什么的，脱掉好了……

——你说袜子吗？我没穿……

——快过来呀……那个，那家伙让你做什么样的姿势了，再说得具体点行不行？

——把灯关了呀……

关于写的我和被写的我之间令人不快的关系

她赤裸裸地趴在地上，上身、大腿、上臂形成了一个倒三角形。这情景烙印在我的眼球里头，无论我看哪儿，总是会出现她那肉色透明雕塑的投影。我觉得自己全身每一个毛孔都张开大嘴，伸出了舌头。好想吐，我感觉异常紧张。这都是因为空气不足，还有没睡好觉的关系。

可是，我是什么时候，怎么到这儿来的呢？好像是自己把自己给骗到这儿来的。现在是三点十八分。这里是与T港口隔着海湾相望的市营海滨浴场。沙滩上空无一人，寄居蟹爬来爬去的沙沙声都能听见。眼前只有一面绑在竹竿上瑟瑟发抖的潮湿的绿三角旗。尽管从医院回来的路一直是下坡，我也不可能是顺着山坡滚到这儿来的吧。既然是自己来这儿的，当然有我的目的了。

说实话，一星期前，为了去那家医院治疗伤口，我也是在这儿做的准备。因为对于想从纸箱里出来的箱男来说，这地方再合适不过了。我不光得洗澡，还想洗脸、刮胡子，而且内衣和衬衫也得洗干净。虽说车站或码头这类地方也有自来水龙头，可以随便使用，但是这里很晚才会有人来，只要时间选得对头，就可以从容地享用更衣室的淋浴，不用担心被人打扰。

其实也没什么可隐瞒的。这些准备工作，我刚刚做完。我洗了澡，洗了头，刮了胡子，内衣和衬衫也洗好了。为了不感冒，在内衣和衬衫晾干之前，我暂时套上了纸箱，待不长的，马上就出来。不，应该说半截身子已经露出来了。挠挠被虫子咬的地方，不用下什么决心。前面已经能看见隧道的出口了。如果说把纸箱比作移动的隧道的话，那么裸体的她就是照进隧道出口的一束耀眼的光。我眼前浮现出她那一心等着让别人窥视的裸体。我觉得这三年来，自己一直在等待的，肯定就是这个机会。

再加上，我和那个冒牌箱男的意外遭遇。我的复制品目不转睛地凝视着撅着屁股趴在地上（毫不设防，只等着让别人看的姿势）的她。纸箱在我眼里，从没有像今天这样丑陋。我经常做的那个自己的灵魂从天花板上俯视自己尸体的梦，真是可恶。对这个纸箱，我还有什么好留恋的呢？何止不再留恋，已经对它厌倦之极了。它只不过是一个有出口的隧道罢了。这笔记本也是一样，只等我写完最后这一行，就立刻撕了它扔掉，我也毫不在乎。

记得那还是我刚开始过纸箱生活不久的事。有一天，我看见在一个公共厕所和一面板墙（好像是露天停车场）之间的夹缝里，胡乱塞着一个被人废弃的破空纸箱。它已经风化得和烂葡萄的颜色差不多了，要说这纸箱也和被废弃的房子一样，一旦没人住了，腐朽得特别快。不过，我还是一眼就看出这是箱男脱卜的壳。纸箱被撕掉一半的地方，像是窥视窗……从那个地方卷上去贴在上边的是塑料薄膜帘子……侧面那片像得了皮肤病似的小包包，应该是听外面声音用的密密麻麻的小孔。我试着撕下表面，感觉就像是揭下湿漉漉的创伤膏药。纸箱里头露出来了，我下意识地挡住了夹缝，以免被路人看到这个箱男的空壳。

纸箱的内壁上深深留下了它的主人（暂且称他为 B 吧）在这里生活过的痕迹，犹如在黏土上摁的巴掌印一般清晰。比如：曾经用绝缘胶布将一次性筷子固定在纸箱裂缝上的痕迹；已变为鸟粪颜色的剪贴裸体画；钉在箱子里面的红绳儿（红绳儿用来捆绑在裤子的皮带上，以防止纸箱晃动）；固定在窥视窗下面的小塑料盒。此外还有布满四壁的涂鸦。没有涂鸦的地方呈大大小小的长方形，那一定是主人曾经吊挂收音机、储物盒、手电筒之类的地方。

我感到浑身发冷，软弱无力。仿佛看见了 B 这个木乃伊被剥开裹尸布后的样子，心里很恐惧。在此之前，我还从来没有想象过自己（纸箱）死后会是怎样的情景。我一直以为，只要大限一到，就会像水滴蒸发一样消失。然而眼前的这个破纸箱就是现实。B 临死的时候，到底是什么样的呢？

当然，纸箱的死并不一定就是 B 的肉体的死亡。说不定，B 只不过是钻出隧道以后，扔下纸箱走掉了。而这个纸箱残骸只不过是化茧成蝶后（要是觉得比作蝴蝶太浪漫，比作蝉或地蛾子什么的也行）留下的壳儿而已。可以的话，我想这么想。不这样去想，就太让人难过了。不过，这种推测必须有证据。为寻找证据，我把目光投向了内壁上的涂鸦。不巧的是，B 好像喜欢使用水溶性万能笔，所以几乎看不清写的是什么。塑料盒上还盖着盖儿，如果说能找到什么线索的话，一定是在那个盒子里面。我使劲一掀盖子，盖子的合页崩掉了。盒子里有两支圆珠笔，一把没柄的小刀，一块打火机的火石，一块没有了玻璃面的、只有长针的手表，以及一个没有封皮的小记事本。本子第一页上，是这样开头的——幸好我当时把它抄在纸箱内壁上了（当时内壁上面还有许多空白的地方），现在才能够原封不动地引用如下。

那家伙太爱操心了。外出的时间稍微长一点，他就坐立不安起来，生怕自己不在家的时候房间会消失，连外出也总是心神不定的。渐渐地，开始懒得出门了。最后竟然成天宅在家里，一步也不迈出家门了。
最后听说是饿死了，或是上吊死了。

我本想翻到下一页，可是，那个本子就跟水泡过的饼干似的，从指缝里一块块地往下掉。线索也就随之中断了。直到今日我还搞不明白那纸箱残骸意味着什么。

好了，我也该和自己这个纸箱说再见了。可是，不知怎么搞的，内衣和衬衫老也不干。雨是停了，可是由于低垂的云充满了水汽，所以干得很慢。幸好赤条条地在纸箱里待着，感觉也不赖。也许是洗澡时搓得干净吧，接触箱子的身体各个部位都很舒服，甚至感受到了待在自己怀抱里般的温暖。尽管这样，我也没打算一直这么下去。只盼着早晨的阴霾赶紧过去。

昏暗潮湿的天际低垂，与黑沉沉的海面融为一体。大海比天空还要黑，是那种坠落的电梯的深黑色。是即使闭着眼睛也能看见的深不见底的漆黑。我能听见海浪涌动的声音，能看见自己头盖骨里面的东西。裸露着骨架的半球形天幕。这感觉就和在飞艇里一模一样。我的脑袋昏昏沉沉的，沉沉的睡意像脉搏一样阵阵袭来。真困啊！我想在离开纸箱之前，至少睡两三个小时。我使劲地闭了一下闭着的眼睛。看见波浪了，它犹如规尺划出来的平行线一样，朝着海面一浪一浪地涌动着，越往前越窄，没有尽头。每一排浪都有着各自的表面和背面，表面的光泽稍为亮一点。我想看到海浪的谷底，刚向前稍稍一弓身，不料两颗眼珠“啪嗒”一声滚到了地上。一缕烟雾从眼珠落地之处飘出来。两只眼珠相互碰撞着，在波浪间翻滚起来。我有点恶心，睁开了眼睛。天空和大海依然死一般漆黑一团，还是刚才的样子。我待在又潮又硬的沙滩上，弱小得可怜。看来，我只能这样睁着眼，等待睡意袭来了。

可是，哪怕是一会儿都没有睡成，时间一到，我也得按原计划开始行动。我要把纸箱处理掉，八点钟准时再一次去医院。由于十点钟开始门诊，所以时间上要尽量留有余地。但是去太早了也不好，会惹他们不高兴的。选择八点钟去，估计既不会打扰他们睡觉，还能够留给自己两个小时跟他们谈判，虽说不算太富裕，也凑合了。当然，让他们停诊一天，和我继续谈下去的可能性也不是没有。总之，得和他们好好地谈一谈……可是，为了什么事呢？

（趁着还没忘，先记录下来。我刚刚想到了一句话，一见面就对她说，肯定能够一剑封喉：“不是我希望你高兴或者生气，关键在于，高兴或生气的不是别人，而是你自己。”）

用不着那么慌张，就去碰碰运气吧。如果幸运地没有谈崩，就算捡了个便宜；谈崩了的话，就一刀两断好了。想这些没有用，眼前要紧的是，计算一下要想在八点以前到达，处理这个纸箱需要多少时间。说是处理，其实也不怎么费事，只要把纸箱撕成三四片，折叠起来，就成了一堆司空见惯的垃圾了。动作再慢，五分钟也足够了。至于随身物品，都是些便于携带的日用品，没有多少。比如现在写字用的塑料垫板吧，虽然不过是那种很常见的稍有厚度的乳白色塑料板，长约四十到四十五厘米，却是我生活中必不可缺的物品。首先，它的作用是桌子，用扑克算卦或者吃东西时，怎么着也得有一块比较稳定的平面。其次，它还可以当菜板用。冬天夜里刮大风时，我就用它堵窗户；夏天夜里没风时，我拿它当扇子。坐在湿处时，它是折叠凳子；把捡来的一堆烟蒂拆开，做成烟卷时，它又成了我的工作台。

话又说回来，能够把随身携带的物品精简到这种程度，还是需要一些阅历和经验的。刚开始在纸箱里生活的那段日子，我怎么也跳不出一般人对于生活必需品的概念的制约，看上去有用的东西就别提了，连那些用途不明的东西也都一股脑地塞进了纸箱。比方说吧，刻有三个女人抱着金苹果的肉色裸体浮雕的铁皮盒（这东西绝对能派上用场）、奇形怪状的石头（说不定是远古时代的石器）、弹子机的小钢珠（搬重物时垫在下面当滚轴用）、袖珍英日辞典（说不定什么时候会有用）、涂成金色的高跟鞋鞋跟（形状有趣，还可当锤子用）、一百二十五伏六安培的家用插线板（以备不时之需）、黄铜做的门拉手（上面拴根绳子，就成了武器）、熨斗（肯定有用处的）、带着五把钥匙的钥匙圈（说不定其中一把碰巧能打开什么锁呢）、直径四点五厘米大的铸铁螺帽（拴根线的话可以当地震仪、晾胶卷时也可以当坠子）……那时候，随身物品就是这样无限增加着，越积越多，以至于纸箱重得都走不动路了，到了这个份上我才痛下决心进行精简。可见对箱男来说，他需要的不是各种功能齐全的七件套折叠刀，而是能够将一把安全剃刀一物多用的手段。只要不是一天至少能用三次的东西，就必须毫不犹豫地扔掉。

但是，要扔掉这些东西也不是那么容易的。积攒的时候费了不少精力，扔掉它们时就更劳神了。总觉得手里不抓住点属于自己的什么东西，就会被风卷走一样心里不踏实。就拿袖珍收音机来说吧，如果仅仅以减轻重量为由，让一个爱听收音机的人把他的音质不错的、带 FM 调频的便携式收音机当成废物扔掉，可能吗？而我竟然连这一步都做到了。

对了，刚才我举的那个关于收音机的例子，也得说给她听听。必要的话，让那个冒牌箱男也听一听。在进入实质性谈判之前，得让他们俩对自己的对手有个清楚的认识。

——问我这么一大早，干什么来了？（我说话的对象只限于她，那个医生，就让他套在纸箱里，塞进某个房间里得了。）我只是早晨出来散散步。从山坡下的酱油厂通往这儿的路，虽然杂乱了些，不能入画，但我挺喜欢的。路旁那些茂密的小叶子树，看着蛮沧桑的，那种树叫什么名字啊？这房子的三角形屋顶，隔着那密密匝匝的树叶一看，令人不由得心神不安。净是裂缝的灰浆墙上那涂了油漆的窗户，又高又小，好像里面正在策划什么阴谋似的……你不相信？……那好吧，换个说法也行。其实也没有什么特别的理由，想来就来了呗……还是不行吗……我看着就那么像贪心的人？我这模样是天生的，没办法！长三角眼的人就是吃亏，认倒霉得了。不过，这五万日元……（说着，把钱用力往桌上一扔，以不惹她反感为限度。）虽说在我这儿放了一段时间，并不等于收下了。现在我正在考虑是收还是不收呢。不过，纸箱我已经按咱们的约定处理掉了，请放一百个心。现在咱们谁也不欠谁的了，不对，我这边还亏着一点。怎么样，纸箱里的感觉如何？（说到这儿，我突然扭头去瞅那个假纸箱的窗口，不等他回答，马上又扭回头来跟她说话。）好了，我就不绕弯子了，为了让你对我这个人有所了解，我给你讲个收音机的故事好吧？对，就是收音机。说实话，我以前得过严重的新闻中毒症呢。你听得明白吗？具体症状就是，如果不能一条接一条地听到新的新闻，心里就不安生。比如战场上的情况变幻莫测；某某影星或歌星结了婚，又离了婚，然后结了婚，又离了婚；火星探测器升空；渔轮发出了SOS信号后音信全无……纵火狂消防队长被捕、从香蕉集装箱里爬出了毒蛇、通产省的官员自杀、三岁女孩被强奸，同时国际会议取得了巨大成功或是决裂……还有无菌鼠养殖公司成立，超市的建筑工地发现混凝土中夹着婴儿，世界各国军队总逃兵人数创新纪录……这么说吧，整个世界就像个沸腾的开水壶，稍微一走神，地球就有可能变成了其他形状，真不是吓唬你。最终，为了安心，我订了七份报纸，在房间里配备了两台电视和三个收音机。外出时也是便携式收音机不离身，连睡觉时耳朵里都塞着耳机。因为常常在同一个时间，不同的电台播送不同的新闻，而且什么时候会播放临时新闻谁也说不准。好比胆小的动物，对周围的事物过于敏感，结果有的脑袋越伸越长，比如长颈鹿；有的上了树就再也下不来了，比如小猴子。这可不是说笑话，对我来说是个沉重的话题。我每天的一大半时间都花费在看新闻、听新闻上了。尽管对自己的意志薄弱非常恼火，可我还是控制不了自己，整天守着收音机、电视机。不用说，我心里明镜似的，很清楚不管知道了多少新闻，也不会接触到真相。心里虽然明白，可就是不能管住自己。或许我需要的既不是事实也不是实在感，而是那些简化成了套话的新闻这种形式吧。也就是说，我是个典型的新闻中毒患者。

没想到，有一大我的病突然好了。竟然是一件琐碎得连我自己都感到匪夷所思的小事成了解毒剂。那是在——让我想想是哪儿——好像是夹在银行和地铁车站之间的宽阔人行道旁的一个角落……虽然是大白天，可也没有多少行人……我正走着，看见前面一个工薪族模样的中年男子突然腿一软，倒在路上不动弹了，就好像在跟孩子玩假扮大狗熊的游戏似的。这时，一个学生模样的男子走过来，瞧着地上的中年男子，讥笑说："这人不会死了吧？"说完满脸尴尬地抬头看了看我，脸上还带着冷漠的笑。我没有理他，他只好无奈地走过两三家店铺，到前面一家香烟店借电话报了警。我也出于职业习惯（当时我在做夹在报刊里的商品广告样品，其实一个月揽上一两次活儿就不错了），马上端起了相机，并选好了拍摄角度。不过最后还是改了主意，没有按下快门。这么做并不是出于对死者的同情而有所顾忌，是因为我很快意识到，这件事绝对成不了新闻。

不过呢，死亡确实算得上是一种变化。首先是皮肤的颜色会迅速变青，然后鼻子变薄、下巴变小。他半张着的嘴，活像是被小刀划破的橘子皮裂口，两片嘴唇间露出下颌上的红色牙龈。就连他穿的衣服也在变，刚才还显得很有档次的衣服，眼看着就变成了徒有其表的便宜货。不用说，这些变化算不上什么新闻。对死者本人来说，成为新闻也好，没成新闻也好，全都跟他没啥关系。即便他是第十名死在凶恶的通缉犯手下的牺牲者，也不能再换个独特的死法了呀。虽说他自己变化了，可外面的世界也变化了，他哪能追得上啊。那变化大得无论多么重大的新闻也都无法追随。

这么一想，我对新闻的认识完全变了。该怎么说呢？……这可不是说一句“你也能戒掉新闻瘾呀”那么简单——不过，你应该明白的……为什么人们需要新闻……多多少少是因为他们想事先知道世上的变化，以便对紧急事态做好心理上的准备？以前我就是这么看的。不过，这完全是胡说八道！事实是，人们只是为了放心才听新闻的。因为不管听到了多么重大的新闻，听到这条新闻的人仍然活得好好的。真正的特大新闻，应该是预告世界末日来临的那条最后的新闻吧？当然，我真心希望能听到那条新闻。这样一来，就不用担心自己哪一天会孤零零地离开这个世界了。如此说来，我患新闻中毒症，说到底也是因为担忧听不到那条最后的新闻。但是，只要还有新闻在播送，就绝不是最后一条。换句话说，每条新闻都是在通知人们——这还不是最后一条，只不过省略了后面的套话罢了。比如，昨晚 B-52 轰炸机对北约实施了本年度最大规模的轰炸，不过你照样还活着；煤气管道工程施工时发生火灾，八人重、轻伤，不过你还平安地活着；物价上涨再创新高，不过你还好好地活着；工厂废水使海湾内鱼类灭绝，不过你好歹还活着。

——我刚才说到哪儿啦？

“你说，你听新闻听腻了……”她交换了一下架着的腿（看来她很清楚我的关注点在哪里），重新点燃了一支烟。旁边的冒牌箱男咕噜咕噜地插了一句：“我真不明白，你这么啰里啰嗦地自我介绍，图的是什么？”

——“我的意思是，不听新闻的人中没有坏人。”我盛气凌人地打断了医生的话，扭回头来，笑容可掬地对她说，“不听新闻，就意味着不信变化，对吧？这就等于说，我也同样不打算给这儿带来什么变化。”

“你怎么口是心非啊？”没想到冒牌箱男语气强硬地又冒出一句来。

“口是心非？”

“就是那五万日元呀！是你说自己跟箱男很熟悉，我们才相信你，给你钱托你去买那个纸箱。你倒跑来瞎扯什么收钱不收钱的，少来这些没用的。”

“别胡搅蛮缠啦！我和箱男是同一个人，你们不是早就知道吗？”突然遭遇了意料之外的反击，我有点发蒙。

“不知道啊。”

“装傻充愣也没用，我这儿有证据。”我慢慢地吸了口气，又吐出来，镇定了一下情绪，接着说，“一星期前的那个早上，我来看伤时，你们肯定就看出来了。我当时头发剪得像狗啃的一样……胡子也没剃干净，还净是伤痕……身上肥皂味特别浓，肩上、脖子上却落满了皮屑……”

“可是，谁都知道，摄影师都挺古怪的。”她也站出来给医生帮腔，语气很轻松，就像在说游戏中的失误。难道她只是在利用我吗？

“可是，你当时不是也承认了吗？你说，从我肩膀里取出来的是气枪子弹……”

“这一带有气枪的人多着呢。听说经常发生黄鼠狼偷吃鸡的事。”

“我被枪击中时，正好被一个好心人看见了。是她告诉我这儿有个医院，而且给了我诊疗费。那三千日元纸币上还能闻到一股消毒液的味儿呢……”说到这儿，我定定地望着她。我并不指望她会立刻站到我这边来。她不是亲口答应要给我当模特的吗？她不是说作为模特，感受到画家的视线时，才会进入最佳的充电状态吗？她当时那样挑逗我，不然就是……对，说不定她现在只是在医生面前装模作样吧。这也难怪，她现在跟医生对着干也不够明智。我逼得她太狠了，会让她难堪的，也不合适。于是，我说：“……那个人是个骑着新式自行车、穿超短裙的姑娘……大概是个姑娘吧……可惜我只看到了她的背影，不过她的腿相当漂亮，看过一次就会让人终生难忘。长年在纸箱里生活的人，自然养成了爱看过路人下半身的习惯，所以对于女人的大腿也是很有鉴赏力的。”

我觉得她的脸颊微微鼓起来一下，像是憋着笑，而这时笑出声来的，却是那个冒牌箱男。

“纸箱这东西，看别人和套在自己身上，感觉确实大不一样。”

“我把话说在前头，我可还没有完全放弃纸箱的所有权呢。”

“那可太不一样了。”冒牌箱男慢悠悠地一字一顿地重复了一遍刚才的话，“昨晚我第一次在纸箱里过了夜。那感觉果然不错，怪不得有人想当箱男啊。”

“你当你的箱男，我并不打算拦着你。”

“你也拦不住啊，明摆着的。”

冒牌箱男的说话声轻飘飘的，似乎还憋着笑。既像是出于好意，又像是在嘲笑，叫人听着别扭。看来他精神有点不正常了。早知现在，不如当初对他友好一点。其实我丝毫没有跟他争风吃醋的意图，要是一开始就和他聊聊箱男上街的心得，一定会聊得很投机的。比方说怎样搞到食品啦，哪些旧杂货铺的东西物美价廉啦，用什么方式可以不花钱长距离旅行啦，至少也应该提提市内七条恶犬分别在何处。不过话又说回来，像现在这样和冒牌箱男同席而坐也觉得怪不是滋味的。即便知道他是自己的复制品，还是有点心虚。既然如此，就应该让我也套上纸箱和他一决雌雄才对。想到这儿，我突然把矛头转向了她：

“要是你会怎么办？是阻止他，还是随他去？”

她轻轻倚靠着诊疗桌桌角，抬起眼看了看我。嘴角向两边咧开，看着好像在笑，眼睛里却没有一丝笑意。

“我只是觉得，突然挂出停诊牌子的话，也许会给病人添麻烦。”

说得也有道理。不过回答得很狡猾，怎么理解都可以。可眼下得到这样的回答我也得知足了。现在，只等着冒牌箱男最后表态了。

纸箱里传出敲打箱壁的响声，以引起我的注意。我扭头一看，这家伙正卖弄地倾斜着纸箱，朝着我，窥视窗口的塑料薄膜帘张开了一条缝，里面露出一双眼睛，面无表情地死盯着我的眼睛，迫使我处于被窥视处境的傲慢的眼睛。这家伙是什么时候学会这一套的呢？还用问吗，他的师父，就是我啊。我也没脾气了。现在被看的是我，正在看的也是我。

“咱们再争下去，也没什么意思。”出乎意料地，冒牌箱男的声调很细，“说来说去，你还是不相信哪。”

“相信什么？”

“你根本不相信我会和你交换角色，然后离开这儿。其实你心里期望这样，可是又不信。”

“事实上，你根本就没打算离开吧……”

“我早已想好了一个小小的折衷方案。”冒牌箱男咳嗽了几声清了清嗓子后，越来越低姿态地以讨好的腔调说下去，“你看这个办法怎么样？你来做这栋房子的主人，你可以想干什么就干什么，无论和她怎么着我都不干涉。既不会阻挠、指责你，也不会碍你们的眼。只是，请你答应我一个条件，请允许我在旁边看。仅仅是看。当然是从纸箱里看。就像现在咱们三个人这样的关系。就让我像现在这样待在角落里悄悄地看就行。一旦习惯了，我不就跟废纸篓差不多吗？”

本该是我的提议，现在却从自己的冒牌货嘴里提出来了。我偷偷地观察了一下她的表情，她正不停地扭动着自己的手指头，专注地玩起了翻绳游戏，明明手里并没有绳子。她慢慢地交换了一下交叉的双腿，随着腿的移动，熨得很平的白大褂下摆绽开了一条缝，露出了白嫩的膝盖，我真想往手指上吐点唾沫，去摸一摸。说不准白大褂里边什么也没穿呢。我觉得自己的胃突然间膨胀起来，犹如一不小心吞进了一只气球。不过，此时此刻我真的有勇气，当着冒牌箱男的面，请求她把衣服脱下来吗？

“你还有什么可犹豫的。”冒牌箱男催促着，“箱男这东西，只要你不在意，就跟风或灰尘似的。我自己就有过这类有趣的经历。有一次，我把随意拍下的照片洗出来，发现画面正前方出现了一个意料之外的大东西。仔细一看，原来是个套在纸箱里的人在路上大摇大摆地走着。我跟你不一样，对摄影是外行，相机只是那种哄孩子的货色。本来打算拍什么来着？已经是很久以前的事了，大概是打算拍某个葬礼的场面吧！是这么回事，凡是我治疗过的病人，我都要尽量拍下他的葬礼作为留念。不过，那张照片可真吓了我一跳，既然拍得那么近，拍的时候不可能没有看见，可是奇怪死了，一点印象都没有。如果说明明没看见却感觉自己看见了，是幽灵作祟的话，那么箱男正好相反。从那以后，我就对箱男产生了兴趣。后来，经过用心观察才发现，果真有照片中的那种纸箱在街上游荡。通过反复观察，我还注意到，一般人都对它漠不关心，并非只有我对它视而不见。比方说，箱男去了一家菜店，他会从窗口伸出一只手来，一个接一个地把身边的商品往纸箱里顺。当然他拿的都是些不值钱的东西，像什么土豆啦，牛奶啦，纳豆什么的。可是在他旁边接待顾客的营业员就跟没看见似的，更别提去管他了，多爽啊！要不就是营业员不愿意张扬？的确，把自己变成货物的样子到处走，岂止是行为不轨，简直是对整个社会的侮辱。不过也可以说是一种只要不把他当回事，就无碍观瞻的存在吧。所以说，以后你也不要把我当回事，不就相安无事了？”

冒牌箱男的声音越来越低，我也随着这声音的消失长长叹了一口气。说实在的，他提出的条件还过得去。箱男的存在并不会危害社会，这一点我当然比谁都清楚。虽说这医院的位置有点偏，但它既然在营业，多少会有储蓄，其偏僻的位置反而有利于把我们和社会隔离开来。这样一来，问题的关键就取决于她了。只要她同意了，估计我们三个人可以一起生活得很愉快。不，不是三个人，是两个人加一点儿。这个医生，如果说把他看作废纸篓不太合适的话，把他看作寝室里养的一只猴子（当然是关在笼子里）就万事大吉了。

“这么说，你是不反对喽？”

“我吗？”她瞟了我一眼，把目光直接移向冒牌箱男。那目光移动时浮现出的笑意，使我嫉妒得要命。“我可回答不了……我这个人最害怕需要负责任的回答了……我只要一考虑该怎么回答，就会闹出笑话来，不是剪刀掉到脚上，就是坐在了杯子上……唉，现在几点啦？”

“十点差二十四分。”冒牌箱男立刻回答。这使我感觉自己被他嘲弄优柔寡断，很是难堪。而且，她还一个劲地问我：

“你到底多大了？”

“户籍上是二十九，实际年龄是三十二三吧。”

我脱口答道。不过，她好像不是真想问我的年龄。没等我说完，她已经转过身去收拾诊疗桌了。她这是不是在暗示我，他们还没有打算停诊呢？的确，这算是最理想的结局了。但是，看她收拾诊疗桌的样子好像也不大认真，只是把器械、玻璃瓶什么的一把扒拉到一边去，就像收拾小孩的玩具汽车似的。这是否可以理解为消极的赞成呢？若是反对的话，按说她应该提出异议的。她装作很在意时间，似乎也可以理解为在催我赶紧做出决断吧。给我感觉是只要我拿定主意就行了。只要我对她说一句，请你脱掉衣服，顷刻间就会变成另一个景象……她解开白大褂的贝壳纽扣，就算再慢，也只需二三秒钟……她的裸体便出现在眼前。我和她只隔着不到三米的距离，随着屋内空气的流向，甚至可以闻到她身上的气味……那就……不过……好容易轮到我头上的这样重要的角色，我到底能不能胜任得了呢？

（我忽然想起一件不快的往事。那还是小学文艺会演的时候了。一向没有什么人缘的我，那次居然破天荒地得到了一个小小的角色，估计是没人愿意扮演吧。我扮演的只不过是一头名叫“顿马”的马，即便这样，我还是高兴得屁颠屁颠的。谁料想一到了台上，仅有的一小段台词，我竟然怎么也想不起来。没办法，只得悻悻地退了场。这时，扮演马主人的那个同学实在气不过，跑上来踹了我一脚。我也被激怒了，抬腿还了他一脚，结果那家伙脑袋撞在地上昏了过去。那个剧后来是怎么收场的，我已经记不清了。只记得没过多久，我就变成了高度近视眼，让吝啬的爹妈给我配了副眼镜。这都是因为我总是躲在暗处，看那种铅字特别小的书和杂志——眼睛都快贴在书上了——的结果。这次挫折使我产生了逃避心理，既不想看别人，又不想被人看。）

我对自己的丑陋很有自知之明，我觉得没有比在别人面前暴露自己的裸体更厚脸皮的事了。当然，丑陋的人不止我一个，这世上百分之九十九的人都是残次品。我一直坚信：人类不是由于体毛褪去才发明了衣服，而是为了遮丑，穿上了衣服，体毛才逐渐退化的。（虽然我很清楚地知道事实并非如此，但我依然坚信不疑。）然而，人们之所以仍然能够忍受着别人投来的视线继续活着，乃是因为他们指望别人眼神不好或者产生错觉。所以人们才千方百计地穿同样的衣服、做同样的发型，好让别人难以把自己和他人区分开来。大家都觉得只要自己不直勾勾地盯着别人看，别人也就不会那样看自己了，从而所有人都尽量低眉耷眼地度过一生。怪不得古时候有一种叫做“游街示众”的刑罚，正是由于它太残忍，以至于进入文明社会后被废止了。“窥视”这一行为之所以为人所不齿，想必也是因为人们不愿意自己沦为“被看者”吧。如果不得不让人家来看自己，那么一般说来，被看者就会得到金钱上的相应补偿。就拿看戏、看电影来说吧，都是看的一方付费，被看的一方收费的。无论是谁，都愿意看，不愿意被人看。像收音机、电视机这类窥视道具之所以能够久销不衰，乃是人类百分之九十九都意识到自己丑陋的绝好证明。我把自己搞成近视眼，频频光顾脱衣舞场，以及拜师学摄影……直到最后当箱男，都不过是顺理成章走上的一条“窥视”之路。

（再次用红笔写的注释——露阴癖的存在，与笔者所持的将视奸者看做是人类的普通倾向的看法并没有矛盾。露阴癖往往被误解为发泄正常性生活中未能满足的过剩性欲，但实际上大多情况是性欲过分压抑所导致的结果。例如某露阴癖患者就曾做过如下告白：要提高露阴的效果，必须满足以下三个条件。第一，自己所选中看的人必须是素不相识的异性；第二，和对方之间要保持适当的距离，以免由于距离太近而破坏看与被看的平衡关系；第三，双方都看不清对方的脸。满足上述三个条件的场所，这位患者举出了被茂密树木环绕的女生宿舍的院子。这种倾向表明：患者虽然对异性非常感兴趣，但面对某个异性时，就会产生一种病态的羞耻心。借用笔者刚才的论点，这即是对丑陋的自我意识。此外，该患者还说，为了通过露阴行为达到性高潮，就必须想象对方看到自己的性器官后，受到了性刺激。如果对方对自己表现出明显的厌恶，被看者会觉得扫兴；而对方对自己表现出过强的好奇心，被看者也会感到气恼。只有被人似看非看地看，才能对被看者构成巨大的鼓舞。他的这一套说辞，显然是希望别人作为视奸者，与自己的露阴行为同流合污。说穿了，露阴癖只是一种映在镜子中的视奸行为。）

“看来，你也是个没什么主意的人哪。”冒牌箱男憋着嗓子，语速飞快地不客气地说，“这么合算的事……你也太磨叽了吧？……要是换了我，早就答应了，还犹豫什么呀。”

“还不是因为你在这儿碍事吗。”

“这倒也是……”

“对于箱男，我是过来人，还用得着你来指手画脚吗？

人们对箱男熟视无睹，是因为不知道纸箱里的人是谁。可是你什么样，我清楚得很，就连你现在是什么眼神我都知道。我就烦这个，最讨厌被人这么死盯着了。”

“所以才给了你五万日元哪！”

“我已经习惯于看别人了，可是被别人看，我还没习惯呢……”

这时冒牌箱男晃动起了纸箱，先让纸箱向前倾斜很大角度，然后出乎意料地轻盈地站了起来。纸箱背面与墙摩擦着，发出干包装箱特有的廉价货的响声。假货毕竟是假货，和经过长期使用的那种地道的纸箱简直不是一个档次。

“我看，今天先谈到这儿吧。”冒牌箱男叉着腿站着，开朗地说道，和房间里的气氛很不协调。小腿上汗毛密布，雪白的脚上青筋凸起，他大概没穿裤子吧，我暗自猜测着。“本来觉得没食欲，吃上一口后，却变得特别能吃。人有时候就是这样。”说完，他叫了一声她的名字，说：“要不然你脱了衣服，让他看看？”

真让我无地自容。她这样被人直呼其名，或许比她突然被人命令脱衣服给我看，更使我感到难堪。就连把她的名字写在这个本子上，我都犹豫不决呢。我再一次深切体会到，她对我来说具有多么重要的意义！虽然是偶然相逢，但她是我有幸邂逅的唯一的异性，因为没有其他的异性可以比较，所以只需一个能够区别性别的代词称呼她就足够了。

“现在就脱？”

她的问话中没有任何抵触的语气，脸上连一点惊讶的神情也看不到。她声音很柔顺，犹如用涂了护肤霜的手心去抚摸鸡蛋那样的滑溜。听这口吻，她真会那么做的。我惶恐不安地站在那里，一直紧紧闭着嘴，没有说话。其实是因为我双唇发麻，什么也说不出来。

“可以吧？”

“可以啊……”

听他们俩的对话，就像在谈论一件工作上的小事。

“那边有盒火柴吧？”

在冒牌箱男的催促下，她从我面前斜穿过去，到房间另一头去拿火柴。她那移动的脚步，犹如绝不浪费一点能源的小型精密仪器。她从白大褂的口袋里掏出火柴，用指尖捏着，从冒牌箱男的窥视窗里扔了进去。她从我前边走过时，我突然闻到了她的体味。这气味有点像在海边闻到过的从花生田刮来的风，在我的心里吹起了涟漪。这会不会是对冒牌箱男的嫉妒之情呢？她转身返回原处后，马上开始解白大褂的扣子。解到第二颗扣子时，她瞟了我一眼。那是一种轻飘飘的目光，轻得可以在半空飘浮几个时辰，所以我非但没有避开这目光，甚至连眼皮都没眨一下。（这一点很关键，只要是她在看，不管怎么看，我都不觉得是在被人看。）她的表情之灯点亮了。她轻轻舒展眉头，松开了被牙齿咬湿的下嘴唇。这是彻底放松的表情，难道是向我敞开了心扉？接下去是第三颗扣子，第四颗扣子。如果她真的想彻底了解我的话……打算以昨晚展示给冒牌箱男看的姿势来接纳我的话……那么，我也可以不要这纸箱。没有丑陋的地方需要隐藏的人，恐怕也是看不见别人的丑陋的。如果说箱男是专业的看客，那么她就是天生的被看者。（只有一点让人费解，每天和这么美好的她在一起工作的那个医生，怎么会产生钻进纸箱里的念头呢？）终于，她解开了最后一颗扣子。

万幸的是，白大褂里边不是裸体，我总算恢复了平静。她贴身穿着一件橘黄色丝织上衣，衣服上有一排草种子似的同色扣子，下身是一条土黄色的短裙，裙子侧面有三颗直径两厘米左右的黑纽扣。纸箱里发出了一声擦火柴的响动。我一直以为她的肤色比较白，但和裙子的颜色一对比，就显得有点黑了。不过她那解裙子扣的手指确实很白。到底她的皮肤白还是不白，反而越看越说不清楚了。一度移动到裙子扣上的手指犹豫了一下，又改变主意朝草种子移过去。这就对了，当然应该从那儿开始啊。何况我也希望她多给我挤出点时间来。这时从纸箱里飘出了烟味。若是像上周遇见的那样孩子般天真无邪，犹如大功率净化装置般为我除去所有自卑感的她，或许还有可能在别处碰上吧。如果是昨晚我偷窥到的那样的她——那个像盲女似的对别人的丑陋无比宽容，如同酒精或毒品般使人忘掉自卑感的欲望释放器般的她——似乎也有机会能够撞上。可是，同时具备以上两类特征的人格，即便这世上真的存在，我也不会轻易相信。当然，我目前对她的了解还远远没有达到能对她进行评价的程度。不过，有关左眼的知识，多少会对右眼起点作用吧。最关键的是，即使双方都没有意识到，却有着能够关注同一个事物、非常自然地对事物抱有共同兴趣的那种信赖关系。她已经解开了第三颗草种子。上衣里面好像什么也没穿。我感觉闻到了烟味，可是怎么看不见烟雾？这种抽法最要不得了。过一会儿，烟雾就会一下子从纸箱缝隙或窥视窗冒出来，待在纸箱里面会被熏得睁不开眼的。

“你也该准备准备了吧。”冒牌箱男不无得意地说，“你看看她……根本就不把我当回事。”

她边解第五颗扣子，边吃吃地笑，笑声一顿一顿的。草种子还剩下七颗。

“你要是想拍照片，也可以的！”

这句话让我茅塞顿开。对呀，事先说好的，她是给我当模特的。并没有约定，她裸了，我也得跟着她一起裸啊。让我裸也行，但不是现在。看来刚才我想得太多了。

我为了掩饰自己的窘态，把手伸向放着照相机的（脱衣筐里的）布袋。不过，最后一刻我还是改变了主意。我要是在这儿举起相机，就意味着默认和冒牌箱男在这里一起生活了。这或许比让我也脱光衣服好一点，但和把自己房间的钥匙交给别人没什么区别。

“不过，这背景是不是太吓人了？”

她一边解着第七颗扣子，扭动腰身回头看了一下后面的墙壁。上衣的胸口敞开着，看得见里面的胸罩。这深灰色胸罩的线缝就像橄榄球上的纹路似的呈放射状。那背景也确实够吓人的。除了一排放着消毒器械的玻璃柜，窄得不能再窄的诊疗床，细金属架支着的搪瓷洗面盆外，还有一把类似牙科医生用的那种却又有稍许不同、令人毛骨悚然的机械椅。怪有趣的，这一套组合挺有点地狱图里的色欲场景的感觉。要是带够了胶卷，太阳再往南偏一点的话，我还真是抵御不了拍它一通的诱惑呢。

“要不然，换个地方也行啊。我到那边去……”冒牌箱男以送人情的口吻说道。

“还不如现在这样呢，那边不就逆光了吗？”

沉默、沉默……在这个时候开口即是屈服……她开始解第九颗扣子，再有三颗上衣就脱下来了……

“依我看，这位老兄与其说是想拍照，不如说想要更直截了当地干什么吧。”貌似爽快的口吻。冒牌箱男这是想胡诌点什么来填补因我的沉默造成的时间空白。“要是我的话，会选择后者的。什么不会被她迷惑，别说得那么好听了。再说了，照片这东西，什么时候都可以拍，你老这么耗着，不是吊人胃口吗？要是因为我在这儿放不开，大可不必。其实我早就放弃了当她爷们的权利了。差不多有一年了吧。她来这儿做人流时，我们认识的。做完了手术后，她才说身上没有钱，能不能让她在这儿干活来还钱。我看着她那副天真的样子……吃惊极了……不过，我那时的反应还真叫快啊。既没问让她怀孕的男人是谁，也没打听她家里还有什么人。靠着不打听她的过去这一招，把她给留下来了。”

“你要是问我，我会告诉你的。”

“我并不是有意不问的。”

“不过你没有问，我很高兴。”

“原先在这儿的那个护士可就不高兴啦，说你绝对是个臭不要脸的荡妇。”

“那你觉得我到底是不是呢？”

“起初，我觉得你对谁都不相信，后来又觉得你太轻信人。你干什么都是一时冲动，可被人说一句，又很轻易地道歉。你以为只要认了错，什么罪孽都可以一笔勾销吧。”

“我让你这么烦心吗？”她的手指停在最后一颗扣子上。

“没有啊，都一笔勾销了。当初没问你的过去，现在回想起来，的确是了不起的直觉呢。你这个人可不简单，即便刚下过雪，你都能逃得无影无踪，决不会留下脚印。”

她噘起嘴唇“呵呵”笑了一声，把解完扣子的上衣下摆从裙子里揪出来，顺手扔到诊断床床头。扭转身体时，她的细腰出现了几道褶皱。她并不显得特别瘦，皮下脂肪却似乎很薄。这样的皮肤引起了我的联想，像什么呢？对了，给我的感觉就像那种擦镜头用的羔羊皮。

“不过呢，咱俩配合得还算不错吧？”

“何止不错啊。”冒牌箱男自嘲地哼道，“说起来，我这人也太自信了。我以为能把你留下来是我自己有本事……你说我容易吗，我以引诱者自居，每天早晚刮两次胡子呢……再加上，我和她的关系，是来做人流的病人和医生的关系，这意思你知道吧，我们俩可以像谈论院子里的无花果结得如何那样谈论她的外阴和子宫……剩下的，还用得着猜吗？老兄，那还不是跟牛顿的苹果一样吗？万有引力法则啊。结果原来的护士一气之下也走人了……”

（正文外面附有红笔写的补充部分，往这一行里引了一个插入箭头。

“我哪知道她是你妻子啊……”

“就算你知道也是这个结果，那家伙对自己的角色早就腻烦了。”）

“我特别不愿意看到别人受伤害。”

“这可说不好。记得有一次我问过你，要是地球即将毁灭的话，在那最后的一刻，你能不能和我在一起度过。你当时的回答是‘要是有可能，我想一个人去看看海’……”

“净瞎说！我当时说的是想去热闹的地方，比如车站啦，百货商店啦什么的……我想尽可能和很多人在一起。”

“这还不是一回事吗。”

“地球怎么会那么容易毁灭呀，根本不可能的。”

“反正该给你的我都给你了，一分钱也不欠你的了……”

解开扣子的土黄色短裙，像个圆筒似的滑落到她的脚下。她左脚迈出裙子，用右脚尖轻轻往上一挑，裙子的抛物线有种湿湿的下坠感，差了一点点没能抵达诊断床，落到了地上。扣子和扣子碰撞着，发出了踩到两个小贝壳时发出的那种响声。紧绷在小蛮腰间的天蓝色内裤小得让人难以置信。她微微弯曲着膝盖，两只手贴在大腿外侧，有点像跳水的姿势，只是更滑稽一些。她的每一个动作，都在空间划出一条条痕迹，留下一道道明暗反差，制造一阵阵流动感，使得房间里呈现出一个奇异的世界。我看着这景象，忽然悲从中来，就像突然间伤风感冒了似的。也许是羡慕心理作怪吧，对我来说，眼前的一切实在太新奇了。

“等一等！”冒牌箱男阻止了她移向内裤的手。她的目光越过我的头，凝视着远方，停止了动作。

“你根本没有好好看她嘛！她可是专门为你脱的呀！你要更加专注地，用眼睛抚摸般地看她。你听说过做面人儿的吧，她从脖子到肩头的感觉……有种面人儿干硬之前可以随意抻拉的伸展感觉，对不？不过，我感兴趣的还是她那从腰间到臀部的丰满曲线，多少还残留着没完全蜕干净的少女的妙味儿……”

“要说吸引我的，倒是腿，要是我的话……”说到这儿，我突然觉得下巴僵硬，牙齿咯嗒咯嗒直打颤。眼皮也沉重得抬不起来，没办法看她的脸。她现在会是什么神情呢？更奇怪的是，纸箱里没有往外冒烟，也没有听到待在里头的冒牌箱男呛得咳嗽。“其实我也不大会欣赏，什么样的腿形好看，什么样的腿形不好看……这就像被人逼着念自己完全不懂的外语一样……我为什么对腿这样感兴趣，连自己都觉得不可思议呢。”

“这还不明白，我来告诉你吧，因为那儿离生殖器近呗。”

“你说得不对。照你这么说的话，所有的腿还不都是一样吗？我觉得说不定和逃跑的腿有关吧，见到跑得快的腿，就想追上去看看……”

“你这人真够矫情的。她跑了吗？她不是在等着你吗？还是让我来教教你吧。总之，你现在和她距离太远了。就因为你不想再向前挪半步，所以头都抬不起来。为什么这半步你就是迈不出去？我来告诉你好了。”冒牌箱男的语气变得郑重起来，离开墙壁，移动到我和她对面，相当于以我和她之间的距离为底线构成的等腰三角形的顶点的位置。“不管是鱼还是鸟，或者是兽，它们在交尾之前都有一套奇特的求爱仪式。用专家的话说，那套动作其实是由攻击或威胁变化而来的形态。也就是说，每个生物个体都有自己的势力范围，外来入侵者要是跨越了这个边界线，它就会本能地对入侵者作出攻击性反应。但是，如果不管三七二十一对所有外来者进行攻击的话，交尾就不能成立了。由于交尾是皮肤接触，需要一方突破另一方的边界线，或是在某个地方给入侵者打开方便之门才行。于是相关技巧便应运而生。即貌似在攻击，实则不同，采用的是改头换面的动作和姿势，来搅乱对方的防卫本能或使对方麻痹大意。人也不例外，说得怪好听的，什么钟情啦，着迷啦，其实都不过是化了妆的或彩色羽毛装饰的攻击本能。万变不离其宗，最终目标都是要突破边界线，实现入侵。根据我自己的经验，人类的边界线在半径两米半左右的地方。用语言追求也好，用闪闪发光的玻璃球什么的晃得对方眼花也好，只要越过了这条监视线就行了。在那么近的地方，想要看清敌人的真实面目，反倒很有难度，只能靠嗅觉和触觉了。”

“你啰啰嗦嗦的，到底想告诉我什么呢？”

“你只要再往前走半步，就踩在那条线上喽！”

“踩上了又怎么样呢？”

“你这个人怎么这么不干脆哪！咱们不是好不容易才说服她，请她发放了自由通行证吗？你再往前走半步，就是再不乐意，也得出示你的通行证啊。不用说，肯定是无条件放行。当然了，这也意味着你放弃了返回纸箱的资格和借口。我知道，你害怕承认这一点，所以你才在这儿磨磨蹭蹭的。就因为你这么优柔寡断，你看她都不继续脱了，就是因为你让时间停止的缘故。”

听他这么一说我才发现，她按在内裤松紧带上的手指还在刚才的位置上，保持着那个姿势一直没动。她的眼睛仍然像一对假眼一样无神地睁着，迷蒙的目光越过我的头顶，仿佛在寻求什么似的投向空中。

“这是怎么回事？”

“讨厌新闻的人里头没有恶人吗……”冒牌箱男咽下了后面的话，哼着鼻子，“既然你已经那么不相信变化了，现在这样子不是自相矛盾吗？因为害怕自己期望的东西变成现实，就让时间停下来……”

“我哪儿有那么大的本事啊。”

“我记得在哪里读过，有个男人把自己的女友做成了标本，和她生活在一起。据他说，标本比活人更有献身精神、更忠诚，而且还更性感。”

“只可惜，我没那种爱好。”

“那就好。结论这不是已经出来了吗？至少你不想从纸箱里出来，这一点已经很清楚了。”

“我不是说过了，我是处理掉纸箱后才来的吗？”

“……好吧，那我问你，你此时此刻在什么地方、在干什么？”

“你不是看见了吗，我在这儿和你聊天呢。”

“不错……那么这个笔记本是谁写的？在什么地方写的？不是某人借着海边的更衣室的灯光，在纸箱里写的吗？”

“这个无可奉告。要是我说了，就等于承认你们自己只不过是我空想中的人物了。”

“这可不好说。”

“这个没必要讨论了。”

“的确，真正存在的人只有一个，对吧？就是此时正在笔记本上写字的人……就是说所有的一切都是这个人的自言自语。这一点你也不得不承认吧。照这样子，那个人为了一直待在纸箱里，还打算这样永无止境地写下去吧。”

“你想得也太多了吧。我不就是在这儿等着内衣晾干吗？内衣一干，我马上就出发。也许是冲澡时洗得太仔细的关系，寒气都渗入骨头里了。所以我才钻进纸箱，暂时避避风的。即便是这个笔记本，也没什么舍不得的。就算写完这行马上停笔也……”

“内衣干了以后，你真的打算来找我们吗？”

“要说我还有什么要准备的，不过是把本来就没多少的东西收拾一下罢了。严格地说，从纸箱里出来，绝对需要的东西嘛……只有一个……没有它的话，就脱离不了纸箱……你明白吗……就是裤子呀。是裤子……只要穿了裤子，就可以混到人群中去……即便光着脚，裸着上身也没关系，只要穿着裤子就行……反过来说，无论你穿着多新的鞋、多名牌的上衣，却不穿裤子在街上走的话，那可就成了奇观了！所谓文明社会其实就是这样一种裤子社会。幸好，为了对付这种场合，我早已准备了一条新裤子。上个星期来你们这儿做手术时，我是第一次穿它。平时把它垫在头顶和纸箱之间，一点儿都不占地儿。除此之外就是那台吃饭家伙照相机了……其他的东西都不值什么钱。要是嫌它们麻烦，都扔掉我也不觉得可惜。不过，没必要把它们扔了吧，留给你用，不是也蛮好吗？有洗漱用具、安全剃刀刀片、火柴、纸杯、耳塞、热水瓶、汽车后视镜、防水胶带……还有止泻药、眼药水、红药水，这些东西你这儿多得是，就算了……从《现代裸体摄影作品杰作集·

第二卷》上剪下的六张照片，以及专门看这些照片用的卷筒……这个不用我教，你一用就知道了……其余是手电筒、圆珠笔、塑料板什么的，以及铁丝环和一些叫不出名字的日用品……虽然是些不起眼的东西，但都是经过箱男生活实践证明的、必需而完备的一套随身用品。我并不是为了让你感什么恩，你就把它们当做是给新箱男的最合适的送别礼物吧。在刚起步的阶段，还是带上个小型收音机为好。像我这样对新闻毒害完全具有免疫力的人另当别论，否则，就会周期性地被一种无法排遣的孤独感袭击，直到习惯为止……”

“到底什么时候能干哪？你洗的那些东西。”

“怎么也得等雨停了吧？空气这么湿乎乎的，哪儿干得了啊。不过估计已经半干了，天亮后，风向一转，很快就干。”

“这么说，你那儿天还黑着？”

“这会儿太阳大概刚到水平线那儿。你看，好像有什么在闪，大概是乌贼船回港了吧？正好是那个时候。天快亮了。”

“半干就行了，还瞎讲究什么呀，穿上算了。尿湿的内裤坚持穿在身上，自然就干了。你不抓紧点时间，我可是等得不耐烦啦！”

“我好像有点感冒。大概是没睡够吧？只有脚特别热，身子冷得直哆嗦……把脚埋在沙子里时，可舒服了……不过，身子冷得很……可能是冲澡时间太长了吧。上周去你那儿时，我的伤口痛得厉害，你记得吧，所以没敢仔细洗，这次我打算把积攒了三年的污垢都彻底洗掉……用了整整一块新肥皂。我本来想给你看看的。我用这种特制的肥皂……反正时间有的是……应该说，干这种精细活儿时，注意力容易集中吧。因为这个星期我思考的事情太多了……我试图把它雕成女人身体的形状。只是一般女人的身体……让我雕刻出她的体形，再怎么说也超出了我的能力。不过，在这个雕塑的胯下插上几根鼻毛，还是相当有现实感的。说实话，最后我雕出来的形状，根本不像女人的身子，不如说更像青蛙。算了，管它什么形状呢，反正这肥皂是名牌货，质量很不错的。我先冲湿了全身，然后用抹了厚厚一层肥皂的内裤当毛巾，使劲搓身子。还用指甲使劲地抠了一遍，抓得浑身直疼，最后冲洗干净。就这样洗了四遍后，冲下来的水总算由黑转白了。头发也是洗到第四遍才开始起了点泡沫。可是，再往下我就做错了。我本来期待的是扎扎实实花时间泡个澡，洗去一身油腻之后，皮肤所呈现的那种用指头抚摸精致的玻璃杯时感受到的触感……可是不行……没洗多长时间，肥皂就小得捏不住了，胳膊也抬不起来了，全身像剥了皮似的火辣辣的疼……我恶心得直想吐……也难怪，想用一块肥皂解决累积了三年的污垢，本来就不对头……恐怕除了骨头外，我里里外外都是污垢吧……我累得身子软软的，刚在沙滩上躺下，头上就响起了满载碎石的大卡车轰隆隆开过来般的震响。原来是水泵的马达声，吓了我一大跳！用海边挖的井里的咸水洗澡，就算再搓上三年，刮细了骨头，也冲不掉那些污垢吧……”

“我问你，说话的人和听别人说话的人，谁会先喊累……”

“嗯，我总算明白你是什么样的人了。说你是个喜欢空想的人吧，说话却老是强词夺理；说你是个不爱空想的人吧，可又没有高尚到哪里去。你们那个诊室，包括你们俩在内，原本都是我在纸箱里的涂鸦。仅此而已。你待在那纸箱里，绝对无法想象吧。这就是真货和假货的区别。现在我就待在我的纸箱里，想看什么就看什么，这是一个只够一个人使用的密室……谁也看不见我，也模仿不了我……它是我隐藏的脸……这渗透了三年来我流出的汗水和呼出的气息的纸箱内壁上面，布满了我的涂鸦作品……它就是我的履历书……上面有我为筹措食品画的街道略图，还有我这笔记本上写的内容的备忘……此外是一些连我自己也搞不懂的图形和数字……总之，箱男所需的东西这里面应有尽有。”

“现在，你的表几点了？”

“五点差……八分……”

“你在这儿，应该是三点十八分开始写的吧？这个破表真可恶。怎么算起来才过了一小时三十四分呢？”

“我劝你最好别忘了，这里的一切都不过是我的涂鸦，以免惹祸上身。你说什么，我对纸箱太过迷恋了？告诉你说，我按照你的忠告处理掉这纸箱之时，也就是你和这些涂鸦一块儿消失之日。”

“你还真是想得开啊。”

“拜你所赐，现在我都开始自暴自弃了。”

“你听着，按页数来看，一共写了五十九页，一小时三十四分写五十九页……怎么说也不可能吧？……我不是一再警告你，你说的废话太多吗？你好好想一想，一般情况下一小时能写多少页呢？平均一页都不到吧。最快的情况，撑死了也就是四页，而且潦草得看不清楚写的什么字。”

“我有时候还不止写四页。”

“好了，我让你一步，按一小时五页来计算吧。五十九页除以五，得十一，余四……差不多十一小时零五十分吧……看你这一页也快写完了，算十二小时也行吧。而且，就是不吃不喝、一刻不停地写，也得花十二小时才能写这么多。如果你从早上三点开始写，现在就是下午三点差一点，所以是绝对不可能的。”

“我先声明，这是我的笔记本，想怎么写是我的自由吧。”

“当然这种可能也不是绝对不存在。比方说，不知你哪儿来的胆子，乱七八糟胡写一通；或者是你昏厥过去长达二十四小时；要不就是天翻地覆，地球自转出了毛病。问题是，如果你打算这么无理取闹的话，别人也可以对此提出全然不同的假设，对吧？因为没有道理认定这个笔记本的作者就是你呀，说它是另外的什么人写的，也完全说得通的。”

“不要再胡搅蛮缠了！我现在不是正在写吗？这里是腥味扑鼻的漆黑的海岸更衣室。头顶正上方的脏灯泡上聚满了小飞虫，就像是缭绕着烟雾。不时地啪嗒一声掉到纸箱上一只，跟雨滴似的。我能凭着这声音判断出这虫子个头比我想象的要大。现在我叼上了一支烟……擦了根火柴……火苗照出了我光着的膝盖……把烟头凑近膝盖……能感到灼热……上面这些都是铁的事实。要是我现在不写了，就不会出现一个字了。”

“……也说不定是别的什么人在别的什么地方写的呢？”

“谁呀？”

“比如，我也可以啊。”

“你？”

“对，说不定是我在写呀。也许是我想象着正在一边想象着我一边写的你，一直不停地写呢？”

“那么，你为什么写呢？”

“为了告发箱男，给人们造成一种那个箱男还活着的印象吧。”

“你这么做只能适得其反。如果写的人是你，那么箱男不就成了凭空捏造出来的了吗？”

“那么，我的目的也可以是为了证明箱男无罪，给人们造成一种箱男事实上不存在的印象。”

“说得不错，我就知道你会这么说。我对这种可能也早有预感。不过，无论你搞多少小动作，最终只能是竹篮打水——一场空，因为我这儿有确凿的物证。当然了，这事在咱们这么交锋之前，就该向你发出警告的。要是你知道我手头有证据的话，兴许就不会做出这么轻率的事了……其实，我并不打算用它威胁你，要是有这个打算，早就用了……只要你表现出诚意，我什么也不会做的。这个物证回头复制给你一份也可以。”

“让你费心了。不过，你说了半天到底在暗示我什么，我还是不明白。”

“拜托，我本来就没睡好觉，有些头昏脑涨的。既然你这么不开窍，我就直说了吧。请问，是谁用气枪打我的？这事我可是早就查清楚了！”

“这一带有气枪的人多了去了，据说是因为笼子里的鸡经常被黄鼠狼偷吃。”她突然又说了一遍这句话。时光仿佛开始动了起来。我并不想伤害她，但是对于她给冒牌箱男帮腔这一点我是不能原谅的。

“不巧的是，我手里握有此事的铁证。就在我被射中的那个瞬间，我不失时机地按了快门，这是我多年养成的职业习惯。照片当天就冲洗出来了，还挺清楚的呢！虽说只拍下来那个家伙的背影——他怕人看见，把气枪夹在腋下，枪杆紧贴着身体，拼命地往坡上跑。那人的发型，以及专门为他那有点驼背的体形定做的西服，质地不错却皱皱巴巴的裤子，还有那双有特色的拖鞋式的浅帮鞋……”我接下来的语气柔和了不少，是说给她听的，“咱们做个推理游戏怎么样？较为特立独行的时髦发型，生活比较优裕，平时经常坐着，鞋子总是穿了脱、脱了穿……你能猜到他是干什么的吗？……这算不上多难的问题吧，一般人马上就会想到是正在问诊的医生吧。还有，如果照片里的坡路下边就是个酱油厂的话……”

这时，突然事态急转直下。冒牌箱男——刚才还只是像个多生了两条腿的废纸篓似的，傻呆呆地站在那儿，丝毫不起眼——突然开始摇晃纸箱，发出难听的噪音。纸箱的窥视窗帘裂开一条缝，从缝里伸出一根长棍来——是气枪！他已经瞄准了我的左眼。

“算了吧……”我故作轻松，半开玩笑地接招，“我有点尖端恐惧症，受不了这个，我看这种玩意……”

“你还是把那个胶卷乖乖地交出来吧。”

“我怎么可能带到这儿来呢？这可是保证我的平等发言权的唯一底牌呀。”

“搜他的身！”冒牌箱男扯着嗓子尖声命令她。

她犹豫着，哀求似的抬头望着我，两手抱在胸前，仿佛在整理自己的衣领似的，身体重心稍微前倾。于是乎，熨得很平展的白大褂（她是什么时候穿上的？）前襟敞开了，原来只有最上边的那颗扣子是扣着的。白大褂里边是全裸的。这虽然在我的预料之中，但还是吃了一惊。白大褂里面的裸体比单纯的裸体似乎还要赤裸。它已经不再是白大褂，而变成了活物祭祀的服饰。它受到下面的丰满身躯的推挤，变得峰峦起伏，就像一台无法操纵的陌生机器在挑逗着我。只有那纤细的下巴和下腹的弧线还有些不协调的孩子气。我在脑袋里搜索起来，可脑子里面乱极了，就像翻找陌生人的提包那样。她左脚向前跨了一步，以便支撑身体的重心。我的视野顿时变窄了，气氛剑拔弩张。我自己也说不清怎么会这样。

“省省吧，我自己拿，这点事用不着麻烦你。”我转身走到门边的脱衣筐前，打开那个登山布包（可能是美军的处理品），从里面拽出一个毛绒鳄鱼玩具来。“幸亏我知道你们做了见不得人的事。我说嘛，哪有这么便宜的事轮到我呀……”

我从包里拿出来的毛绒鳄鱼玩具长约四十五厘米、宽十六厘米，张着血盆大口，背上的突起和爪子是浅茶色的，眼珠和牙齿是白色塑料做的，身子是绿色的。一般人一看到滑稽可爱、天真无邪的鳄鱼娃娃，都会丧失斗志的。只要没有患幼儿恐惧症，儿童玩具大多能够起到这样的作用。当然我这只鳄鱼娃娃绝不是普通的玩具，而是我利用一般人的这种心理发明的黑杰克，这黑杰克可不是玩的那种扑克牌，而是黑手党、秘密警察常用的一种著名凶器。我把里面的木屑、海绵等填充物掏出来，弄成空袋子，平时总是随身带着它。今天早上，大概是第六感吧，我事先往里面塞满了沙子。只要提着尾巴轻轻一抡，这家伙就能发挥出很大的威力。如果用它狠劲砸的话，估计连头盖骨都能打瘪了。只不过，我没有这么尝试过。给与对方致命的打击，还不留痕迹是这黑杰克的最大优势。用完之后，只要拉开肚子下面的拉链，把里面的沙子随便撒在院子里就没事了。即便被人怀疑，这个空毛绒玩具也绝对不会被看做凶器的吧。

我拿着这个鳄鱼娃娃，装出一副不情愿的样子，走近冒牌箱男，假装把胶卷交给他的时候，突然对准枪管从下往上猛地一抡。光看它的速度，你根本无法想象其破坏力。枪身扎进了纸箱窥视窗上缘，整个纸箱往上一弹。受到突然袭击的医生发出一声让人起鸡皮疙瘩的惨叫，同时房间里响起了把钉子钉进自行车轮胎似的声音。子弹朝着天花板飞去，却未听到碰撞的声音。我奋力去夺他的气枪，医生也不服软，从纸箱里伸出了胳膊。他的手很有力气，像抓年糕似的一把抓住我的右脸。我抡起鳄鱼沙袋向他小腿砸去，发出了秤砣砸到树上般的沉闷响声。医生又惨叫了一声，把胳膊缩了回去。从纸箱里面传出一连串呻吟，a、i、u、e、o 这五个元音全用到了。听到他的叫唤声，我出了一身汗。为了让这家伙安静下来，我又举起沙袋，想要从纸箱上方砸下去。但我犹豫了一下，没有砸，因为我不想把纸箱砸坏。然后，我又悠着劲（要是他以骨头断了为借口，赖着不走了，怎么办）朝他的小腿砸了好多下。医生在纸箱里缩成一团，完全回归了原来的废纸篓。纸箱里安静下来，连自来水管里停水前那种滴答滴答的声音都听不见了，里面静得跟没有人似的。直到这时，我才十分漠然地看了看那个纸箱。从窗户射进来一抹上午十点的暗淡的日光，融入白色的石灰墙壁，洒向屋里的每个角落，那个纸箱，看上去像是地上挖出的一个坑。

如果现在在这个笔记本上写东西的人不是我的话（冒牌箱男指出的时间上的矛盾，我也不得不承认），那么无论他是什么人，到此为止的故事发展就变得十分滑稽了。事到如今，下面会出现的情景只有一个。我回头看她。此时本文的作者希望她表现出什么样的态度呢？她的反应将决定我放弃纸箱生活的话，会得到什么？会失去什么？答案自然会揭晓。比如，她是敞开着白大褂迎接我呢，还是扣好了扣子呢？……不，以扣子为标准不大合适……也可能她受到惊吓，而忘了扣扣子，还有可能是不想省略解开扣子的程序，希望以郑重的态度迎接我，因而暂时扣上扣子也说不定。只要我站在离她两米五的警戒线外，就很容易对她的表情作出准确判断。如果她紧张中掩饰不住放心的表情，那就意味着她和医生早就貌合神离，那么，就等于是我把她从暴君的牢笼里解救出来。相反，如果她吓得魂不附体，就说明她和医生是一丘之貉，而我则是虎口余生，捡了条命……

算了，无论怎么猜想，都愚蠢之极。这故事的不合逻辑之处，与其说是它狗屁不通，不如说是情节脉络过于明晰通畅了。事实的真相犹如一幅脱落了好多片的拼图，应该更加波澜起伏、更加坎坷才对。虽说文中的我也可能不是我本人，那又何必费尽周折，让那个我活下去呢？我说过好多次了，箱男是理想的暗杀对象。如果我是那个医生，肯定会马上给箱男端出一杯红茶来。干他这一行的人，在杯子里投一滴毒，简直是易如反掌。不然就是……会不会……我已经喝了那么一杯有毒的红茶？很有可能。毫不值得惊讶。因为的确没有任何证据可以表明我还活着。

供词

◇◇◇◇◇◇◇◇◇◇◇

下面所述，均属事实。有关T市海滨公园被海浪冲上岸的尸体一事，本人将毫不隐瞒地详细说明。

姓名：C
原籍：（略）
职业：见习医生（男护士）
出生年月日：昭和元年三月七日

我的真名是C，在保健所登录和行医时使用的姓名，是战争时期借用的我的上司——军医阁下的名字，当然事先征得了他本人的同意。战争期间，我在军医阁下手下当卫生兵。

迄今为止，我从未受过任何惩处，没犯过罪，也没有作为犯罪嫌疑人接受过警方或检察官的讯问。

我没当过公务员，没有得到过勋章或抚恤金，以及任何津贴。

我现在还是单身。我的家庭情况是这样的：直到去年，我一直和没有正式入籍的妻子“奈奈”同居。“奈奈”以护士的身份帮我打理医务所，并兼任会计，管理所有账目。“奈奈”是我借用其名字开业的军医阁下之妻，我与她同居也征得了军医阁下的同意，因此从来没有因此产生过任何麻烦。我与“奈奈”的关系一直很正常，不曾产生不和，直到去年我雇用了“户山叶子”为护士之后，“奈奈”对此感到不满，向我提出了分居。经我同意后，我们一直分居至今。

战争期间，我曾作为卫生兵在军中服役，后来将这些经验用于医疗工作，得到了患者的认可，并不曾向持有行医执照的军医阁下请教过。我最擅长的领域是外科，如阑尾炎手术等。如果就违法行医之事追究我的责任，我愿对冒用他人之名行医一事深刻反省，并保证今后不再从事任何医疗活动，以此向世人谢罪。

关于您所讯问的死于非命的尸体一事……

C 的故事

现在，你正在写着供词。

假设这房间里的大灯关上了，只剩下桌子上的台灯亮着，很昏暗。这时，你刚好抬起头来深深吐了一口气。你保持着这个姿势，把头向右一扭，看到一道细细的光线掠过桌子右边。这是从门底的缝里透进来的走廊的亮光。如果有谁从走廊经过，他的影子肯定会落在这道光线上面。你耐心地等着。七秒，八秒……什么动静也没有。

这白色的门有些年头了，尽管涂了好几层漆，也掩盖不住上面的痕迹。你盯着门，仿佛能够看穿它似的，心里在想：刚才引起我注意的声音是怎么回事？那是什么动静？难道是我犯迷糊了？我又听见了，没错！就是这声音……原来这声音不是从门那边传来的……你又朝窗户望去。靠墙放着一张床，床上有一个仿照箱男做的移动纸箱住宅。难道说那个真箱男终于下决心到这儿来了？不太像，脚步声细碎了点。也不是狗。好像又是那只鸡。就是那只不知什么时候学会了夜里出来游荡的吓人的母鸡。每天夜里，它都在附近转来转去找吃的。喜欢夜里活动的鸡是不是很稀罕呢？还是不怎么稀罕呢？它几乎可以独享那些天黑以后放心爬出来的虫子，按说营养足够了，可是它却瘦得皮包骨头，毛色也不光鲜。看起来，掌握了一个特异功能，就得付出意想不到的代价（现在你似乎总是在反省什么）。

你端起啤酒杯送到嘴边，伸出舌尖舔了舔又放下了。人感觉疲倦了，就没心情喝啤酒。你坐在这儿已经四个多小时了。九月都快过完了，可天气还这么闷热。你用酒精棉擦了擦从额头上流下来的汗，用唾沫舔湿了黏糊糊的嘴唇，可是，无论多热你也不开电扇或空调，不敢让任何脚步声逃过自己的耳朵。你现在疑心特别重。

桌上铺着一块厚玻璃板，上面放着你刚开始写的供词。是关于还没发生，以后也不知道会不会发生的案件的供词。你把它推到一边，打开了一本笔记本……橘黄色的32开的本子，真让我吃惊，没想到你竟然还准备了一本和我一模一样的笔记本！你笨手笨脚地翻开封皮，第一页的开头是这样写的：

> 这是一份关于箱男的记述。
>
> 我现在在纸箱中——是一个从头上套下来，正好遮到腰部的瓦楞纸箱——开始写这份实录。

此时此刻，箱男，也可以说是我本人。

你跳过十几页，翻开新的一页。你拿着圆珠笔，端正坐姿，准备接着写下去，可忽然又改了主意，看了看表。再过九分钟就到午夜零点了。九月最后一个星期六即将过去。你拿起笔和笔记本站起来，离开桌子走到床前。斜着放倒纸箱，从底下钻了进去。然后坐在床的一端。看样子，你进出纸箱的动作已经相当娴熟了。你调整了一下纸箱的角度，以便让纸箱的窥视窗口对着台灯。可是要写东西，你又觉得不够亮，于是又打开了吊在窥视窗上面的手电筒，找出代替桌子的塑料板，接着刚才的写起来。

下面大致归纳一下案件经过。地点是在 T 市，九月最后一个星期一……

看来，你是打算把还没有发生的后天的事当作已经过去了的事件进行记录。你干吗这么急呢？要不就是你非常有自信吧。既然用过去时制订行动计划，可见扳机已被人扣动。你已经看到了子弹的落点，就如同对连误差都能准确预测的来复枪的弹道作出判断似的。我真想先看看你后面写了什么。因为我觉得除了“死”之外，能看得如此清楚的目标是不可想象的。

你开始写了。

……在游人稀少的海滨公园沙滩上出现了一具身份不明的死尸。尸体套在包装纸箱里，纸箱用腰带固定在身上。可能是最近在市内流浪的某个箱男不慎坠入运河，后来又被潮水冲上了岸吧。死者没有随身物品。据验尸报告鉴定，估计死亡时间大约在三十小时之前。

三十小时之前……你还真敢想啊。假设验尸的时间是星期一早晨吧。往前推三十个小时的话，正好是现在，相差不了几个小时。看样子你也豁出去了。你突然合上笔记本，从床上滑下来，跪在地板上，然后挺直了前倾的纸箱。纸箱里的挂件互相碰撞着，发出叮叮当当的声响。惊慌失措的你一回头抱住了纸箱。你仰起脸来，竖起耳朵倾听墙外面和天花板上的动静。惊恐的神色给你脸上涂了一抹底漆，好像是块速干底漆，于是，你的脸被细纹覆盖了。你这人就是太神经质了。为什么不能现实一点儿呢？不管你怎么折腾，也不能改变什么，只有该发生的事才会发生。

你站直了，朝着门口昂然走去。你的胳膊肘紧贴着腋下，轻轻攥着拳头……走了三步后，你又松开拳头，返回了桌前。你坐了下来，双手抱着头，陷入了沉思。你胳膊下夹着的笔记本无声地掉在了桌上。你就这样耽于幻想，空耗着宝贵的时间，无所作为。

此时你正盯着的是桌子上的那块厚玻璃板边缘的破口。它呈现出没有距离感，也没有归属感的纯粹的深蓝色。微微发绿的最远焦距的深蓝色，这是充满了逃亡诱惑的危险的颜色。你正在这深蓝色中沉沦。只要等整个身子都沉入其中，就可以永远游下去似的。我想起，自己曾经多次受到过这深蓝色的诱惑。轮船的螺旋桨搅起的波浪的蓝……废弃的硫磺矿的一汪积水……酷似果冻的深蓝色鼠药……不知该去哪里，茫然等候头班电车时，望见的绛紫色的天空……还有自杀帮助协会，如果这么说听着不舒服，就换个说法，就是那个精神性的安乐死俱乐部分发的叫“爱之眼镜”的彩色镜片。这种镜片，是技术熟练的技师小心翼翼地从严冬的太阳上剥下来的一层薄薄的皮染成的。只有那些戴上这种眼镜的人，才能看见有去无回的列车的始发站。

也许你是在纸箱里陷得太深了吧？你可能是中了不过是一种工具的纸箱的毒了。听说纸箱也确实能生产那种危险的深蓝色。

使乞丐伤风感冒的淫雨的颜色……地下街的商家

打烊降下卷帘门时的颜色……沦为死当品的毕业留念的手表的颜色……在厨房不锈钢水槽上破碎的嫉妒的颜色……失业后迎来的第一个晨曦的颜色……失效的身份证上的字迹模糊的颜色……企图自杀者买的最后一张电影票的颜色……还有，匿名、冬眠、安乐死等，这类被强碱性时间腐蚀了的凹坑的颜色。

不过，只要把视线稍稍移开几厘米，你就在凹坑外了。无论你装得多么莫测高深，毕竟是冒牌箱男。你不可能不当“你”的。你此刻正在看的是玻璃板下面压着的制药公司的年历。奶油色的希波克拉底头像四周围绕了一圈拉丁语的格言构成商标图案，这个商标的左右两旁按月份印着不同的广告词。这个月的左边是：“维生素C和可的松产品的季节”，右边是：“自律神经失调的SEPTEMBER（九月）”。接下来吸引你视线的应该是左角的红字吧——九月最后一个星期天，也就是套在纸箱中的溺死者按预定计划将被海浪推上海滩的前一天……明天……不对，几分钟前就是今天了。无论你怎么视而不见，已经印在上面的字，不会自己消失的。这和你用过去时写的那个计划表是一样的。你把松开的双手放在桌沿儿上，与肩同宽，对，就是这样。用胳膊肘撑着，把身体重心往前一挪，你立刻就可以站起来。你已经扣动了扳机，这会儿再上保险，也得不到安宁。

其实我最不愿意看到的还是那个刚刚开始写的供词。求求你了，请你在离开桌子之前，把它给撕了扔掉，可以吗？如果一切都照你的计划发展的话，这东西就是多余的了，万一失败了，说什么漂亮话也没有用。

供词·续篇

关于你们讯问的那具尸体的事情，我可以明确地告诉你们，那具尸体肯定就是我借其名字行医的军医阁下。称呼他军医阁下，跟过去的等级称号无关，纯粹是半开玩笑地这么叫过来，时间长了，就习惯了，所以我觉得军医阁下也希望我这么叫下去。其实他早就有自杀的倾向，可我还是疏忽了，没能事先阻止他，真是后悔莫及，深感遗憾。关于此事，恳求你们能够给我一次解释的机会。

战争结束的前一年，我被分到某野战医院给军医阁下当勤务兵。当时，军医阁下正醉心于从木材中提取糖分的课题研究，因此，大部分医疗工作都是由我来代替他进行的。幸好我记忆力超群，动手能力又强，所以在军医阁下的指导下，我渐渐能够承担有相当难度的手术了。关于军医阁下的那项研究，我说明一下。战争时期，糖严重缺乏，甜食是相当珍贵的东西。因此，要是能从木材中提炼出糖分，岂不是震惊世界的大发现吗？军医阁下注意到羊有时候会吃纸，而纸又是以木材为原料造出来的。于是军医阁下认为羊的肠子里可能存在着某种能把纤维素分解为淀粉的活性酶，所以他没日没夜地埋头研究分离、提取这种活性酶。

有一次，不知是受了羊肠内细菌的感染，还是品尝加工的木材时中了毒，军医阁下不幸得了重病。那是一种怪病，先是高烧三天，之后，差不多三大一个周期地发作，症状是伴随抽筋和神经错乱的剧烈肌肉疼痛。军医阁下自己表示这个病已无药可救，其他医生也都放弃了治疗。从那时到现在，一有机会我就查阅文献，可依然不清楚那个怪病的病名。

我一直很钦佩军医阁下的为人，所以全力以赴地看护他。尽管如此，他的病还是反复发作，不见好转。直到现在，我还深感遗憾，最后不得不让他经常服用麻醉药。这件事一方面是由于军医阁下强烈要求，也是由于我实在不忍心看到他痛苦的缘故。到战争结束时，他已经染上了毒瘾。尽管如此，我也没有扔下军医阁下不管，和他一起复员回到了家乡。

复员后，我还是一如既往，协助军医阁下开设了一个诊所，并代替军医阁下出诊和日常管理。由于军医阁下的病情一直没有好转的迹象，无法直接给病人看病，只能依据病人的病历给我一些指导。我们明知这是不正当的医疗行为，但仍然持续至今的理由，既然你们问到了，我毫无隐瞒地说明如下。

第一，我必须向军医阁下长期提供麻醉药。复员后，我和军医阁下就不再是上下级关系了，当然也谈不上受到军医阁下强迫的问题。一切都是我出于多年的友情，自愿为他做的，责任全部应该由我承担。也许有人会指责，如果真是出于友情，难道不应该尽全力帮他戒毒吗？对此质疑，我的回答是，和一般吸毒成瘾患者不一样，医生若染上毒瘾，极难根治，几乎束手无策。事实证明，治愈率几乎为零。我虽然知道吸毒是一种慢性安乐死，但还是没有勇气丢下军医阁下不管。

第二，我不否认，以军医阁下的资格为招牌，能够维持我的生计。但是，我绝没有乘人之危做出任何对不起军医阁下的事。诊所的所有账目，都掌握在军医阁下的妻子“奈奈”手里。虽然后来我和“奈奈”成了事实上的夫妻，但这也是军医阁下担心我抛下他不管而采取的一种控制手段。由于他逼迫“奈奈”和我结成这种关系，我才不得已而为之的。军医阁下产生这种受虐幻觉也是毒品中毒后期的患者常见的症状。

第三，随着医术的提高，我越来越得到患者的信任，这也是我继续开诊所的原因之一。社会上对私人诊所医生的医术并没有准确评价的客观尺度。可见我对当假医生意味着犯罪的意识就是这么淡薄。而且，在行医期间，我对医学的兴趣越来越浓，不断从医学书籍和专业杂志上汲取了许多新知识。经过二十年来的医疗实践和潜心研究，我对自己医术的自信，已经到了觉得行医执照有没有都无所谓的地步。事实也是如此，对其它医院转来的疑难病人实施治疗的过程中，一些不用功的大学毕业生作出的不负责任的误诊，常常使我瞠目结舌。但是，我知道这并不代表我的罪行是可以宽恕的。无论有什么理由，犯法都是不可饶恕的。

到了第八个年头，发生了重大的转机。在此之前，出席医师会等与外界的联系一律由军医阁下负责，可是，他的怪异言行渐渐引起了人们的注意，甚至有人对军医阁下进行诽谤中伤，说他是个精神病患者。再加上我们诊所的麻醉药使用量一直大大高于平均水平，因此受到了监察部门的审查。我预感到了危险，经过和军医阁下协商，决定关闭诊所，搬到了本市，直至现在。

只是，从那以后，军医阁下的精神状态日趋恶化，产生了厌世情绪，自杀倾向也越来越明显。我采纳了“奈奈”的提议，军医阁下不再抛头露面，由我冒军医阁下之名注册。虽说形式上稍有变化，实质上与以前并无不同，所以，军医阁下对这个方案也极为赞成。幸好此地的病人也对我非常信任，即便判我有罪，也不会有受害人去法院控告我。这一点我有充分的自信。虽然我很想说，假定不觉得自己受了害的受害人不算受害人的话，那么没有故意加害于人的加害者也可以不算加害人，但我并不认为，可以因此而置法律于不顾。既然作为一个生命财产受到保护的国民，违法行为就是不能容许的。

直到去年，诊所新录用了一名实习护士，结果导致我和“奈奈”分居。关于此事的经过，前面已做了说明。不过，我仍然承认“奈奈”的合作经营者的地位，所有进项都一一向她报告，所以，在这方面我们之间不存在任何问题。而且眼下，“奈奈”在市内开了一家钢琴教室，恳请你们在获取本人的陈述之后，能够向她进一步取证，以证实我没有说谎。

至于军医阁下为何悄悄离开诊所，自己选择了死路，我实在想不出直接的动机是什么。军医阁下一直住在二楼的一个房间里，作息完全没有规律，常常从备用楼梯上下楼，因此我无法对他的所有行为负责。要说我们之间有过什么不愉快的事，充其量只是最近一次小小的口角。他借口怀念过去从木材中提取糖分的研究，对甜食的病态嗜好越来越严重，出于关心他的健康，我对他这一嗜好进行了限制，使他非常恼火。但是，此事会导致他去死，实在难以想象。从尸体套在纸箱里这一事实来看，可见他起初并没有死的打算，也许是因为前几天一直下雨，路面湿滑，他在堤上散步时，由于套在还不习惯的纸箱里，看不清脚下的路而不慎踩空，落入水中。这种情况也并非没有可能。

至于你们问我他为什么要套那个纸箱，我就完全解释不了了。你们说最近几个月来，有人看到套着纸箱的流浪汉在市内游荡，不过，如果你们问我此人是否就是军医阁下，我不能否认他有可能背着我做出这类乖张之事。由于军医阁下已将自己的姓名、户籍、行医资格甚至包括人格都出让给我了，那么，他似乎认为自己什么也不是了。加之他陷入了极端的厌世情绪，所以，外出时，他想要套着纸箱来掩藏自己的心情也是可以理解的。验尸报告也清楚表明，死者的胳膊肘内侧、大腿等地方的针眼已经跟蜂窝似的了。毒瘾已经严重到这个地步的话，有此类怪异行为，倒也不必大惊小怪。

有人说，亲眼看见过箱男多次出入本诊所，这个人证再加上死者身上长期注射麻醉药的针眼，于是有人怀疑其死因与本诊所有关，导致本人被警方传唤。要是没有目击者出来作证的话，箱男仅仅被作为身份不明的意外死亡来处理，这样一来，我就能若无其事地继续从事非法医疗活动了。如果有人这样质疑，我会感到非常意外。因为实际上，军医阁下和我们有个约定，除非他按铃叫我们，否则我和护士都不会进入他的房间。以前也发生过数次大半天时间他都不叫我们的情况。这回，我们发觉不对头，进入他的房间查看时，已是星期天半夜时分的事了。我当时已做好了思想准备，如果天亮后他仍不回家，我们就向警方求助，帮着寻找。即使因此会使我的非法行医暴露，也在所不惜。

其实最强烈反对我放弃非法行医的，正是军医阁下本人。为此，他花言巧语地欺骗我，甚至屡次以自杀来威胁我。为了把麻醉药搞到手，瘾君子会怎样不择手段、怎样耍赖胡闹，早已是人所共知的了。的确，军医阁下的自杀是一件非常麻烦的事。首先他与我同名同姓，无法向政府提交死亡证明。因此，我不得不多次低三下四地恳求军医阁下放弃自杀念头，可是军医阁下却得寸进尺，向我提出种种无理要求。作为放弃自杀的交换条件，要我给他增大用药量，让他欣赏见习护士“户山叶子”的裸体，要裸体的“户山叶子”给他灌肠等等。尽管如此，我对军医阁下并未怀有丝毫怨恨之心。我认为病人的痛苦不是我们健康人所能体会的，所以我们应该更多地关心他。

既然现在军医阁下已经不再需要我的照料，我也没有道理继续从事欺骗世人的医疗行为了。军医阁下一直认为，所谓非法医疗行为，是指那些给患者造成金钱上、肉体上伤害的行为，只要不给患者造成伤害，就不能说是犯罪。不过我还是认为冒牌医生是一种犯罪行为，对此已在深刻反省。我希望借此机会，如实向世人说明一切情况，以解除多年来压在心里的重负。

以上所述，全部属实。

行刑者无罪

◇◇◇◇◇◇◇◇◇◇◇◇

……看来你也终于准备行动了。刚才听见的轻微的金属声，是你把注射器放进消毒盘里的声音。唯独这声音，无论多远我都分得清，就像沙鼠能嗅到十公里外的水的气味一样。

然后我又听到了像是楼梯拐弯处的小窗户被风吹得咔嗒咔嗒作响的声音……我听出来了……是你开关房门时特有的那种声音。我听见了……你光着脚踩在走廊的塑料地板上的脚步声……以大约每秒走一步的速度，慢慢地走过来……当然是身子套在纸箱里……走到第十一步时，你的脚仿佛踏在了湿脚垫子上似的改变了声音，现在你开始上楼了。一阶一阶地迈上来，速度渐渐放慢……不一会儿，你来到了楼梯拐弯处，停住脚，转动着纸箱往上看……你上了二楼，顺着扶手没走两步，一拐弯，有一间小屋，小屋的杉木板门和狭窄的走廊宽度差不多，门的颜色和墙面相近，不仔细看都分辨不出来。

太平间——

选这个地方做太平间，并不是因为人死了就该受到歧视，这样做主要是考虑到其他住院的病人对死过于敏感，尽可能选择了这个不引人注意的地方，而且靠近安全门，便于往外搬尸体。

当然，我现在还不是尸体。虽然不那么生气勃勃，但还活着。还没死的我，之所以会在太平间里，为了你，我也有必要特别说明一下——并不是别人把我当做死人，而是我自己主动要求的。我很喜欢这间屋子。尤其是没窗子这一点，与我现在的心境最吻合了。最近由于瞳孔的收缩功能急剧衰退，总感觉白天的光线像细沙似的磨得我眼睛刺痛难忍。还有，这房间的长度是宽度的两倍半，这一比例和棺材差不多。对于像我这样已经完全丧失了憎恶、不满、气愤等人类所具有的自我防御机制的人，待在这样的地方格外舒服。

上楼后，你一直没什么动静，正如我隔着门倾听你的动静一样，你恐怕也隔着门在观察我吧。要是门也有意识的话，肯定会笑破肚子的。不过，我也不是不知道你为什么会犹豫不决。虽然这是咱们俩心照不宣的事，可你必须充当死刑行刑人这个角色，心情自然会很沉重。若是让我和你互换一下角色，我同样也会犹豫不决、踌躇不前的。

何况你要去杀死的那个人，还清楚地知道自己会被杀。一边一刀刀地砍那个知道自己将被杀的人，一边泰然自若地和他山南海北地聊天，谁有这个能耐啊？如果把闲聊换成讨论“死”，没准我心里还好受些。不，这是行不通的！这样做更可怕。可是，干脆什么也不说，只是默默地四目对视的话，我的神经膜会立刻被磨破，发生短路，造成大面积烧伤。

看来最理想的，是趁我熟睡的时候，神不知鬼不觉地把我送到另一个世界去，这是最最保险的杀法了。可是，瘾君子的睡眠格外浅，这一点你也是很清楚的。虽然一年到头都迷迷糊糊的，但是睡得不死。你也不至于幼稚到会期待我能够睡得跟死猪似的。你看，现在我就醒着，还坐在床上一个劲地写东西，连眼屎都用硼酸水擦得干干净净，这是你最不愿意看到的情景吧。不过请你放心，就在你的手握住门把手之前……只要朝屋里迈出第一步的一刹那……我会立即装睡的。虽然你肯定会看穿我在装睡，但这也比我真的睡熟，让你安心啊。要是真的睡熟了，你还得担心我会突然醒过来，装睡就不用担这个心了。要不这样吧，在那之前，我把笔记本扔到地上引起你的注意，告诉你我是在装睡也可以。杀我的主犯只能是我，你最多只是从犯而已。我从来没打算让你一个人去负这个罪责。好啦，什么时候都行，你就动手吧！就是现在也没关系。你开始行动之际就是我这篇记录结束之时……

要不然，还是给你留下一两句作为我的遗书吧。很可能这东西派不上什么用场，只是为了以防万一，这样你也可以轻松些。即便是只给你定了个自杀协从罪，也挺不值的。因为一点小小的破洞，整件毛衣都散掉的情况也不是绝对没有的。我把下面几行字撕下来（密封在塑料袋里，以免弄湿），系在尸体的指头上就可以了。等一等，系在指头上不行，要系在自己能够系得到的地方……对，就套在脖子上吧。不行，必须尽可能搞得跟意外死亡一样。得在警方对这儿产生怀疑，来搜查之前，把它藏在这个房间里的某个地方——猛一看不起眼，但稍微一找又马上能找到，比如床架钢管接头之类的地方吧。撕下那截纸后剩余的记录部分，当然要全部烧掉。

我自己选择了死。假若有疑为他杀的迹象，全是因为我活儿干得太不漂亮了。

不行，这样写显得有点不打自招，反而会使人更加怀疑。还是直言不讳比较好。

我下决心去死。事到如今，请不要再假惺惺地劝我活下去了。不管什么糖，没吃进嘴里的时候，都看着特别硬，可是，无论谁都想一口咬碎它，一旦咬碎了，糖就再也不能复原了。

这话听起来好像我对人生还蛮留恋的吧。不自觉地暴露出了我的真实心理。不过，无论多么留恋，留恋终归只是留恋。我的理智告诉自己，不应该再活下去了。够了不起的吧？我还没有丧失理智。不过这理智就像经不起潮水冲刷的沙滩城堡那样脆弱、那样虚幻。再打来两三个大浪，它就会消失得无影无踪。我突然觉得自己想要反悔，我不想死了。我觉得自己可能会厚着脸皮向她求婚，如果遭到拒绝（肯定会被拒绝），就杀死她，一连好几天品尝她的尸体。这不是什么比喻，而是真的放进嘴里咀嚼，用舌头品尝滋味。我已经做过好几次这样的梦了。肉烤得半生不熟最好吃。她很温顺，变成了肉还在微笑。肉的味道介于牛犊和野鸟之间，说不出的惹人怜惜。我对她的情感似乎被熬干了，逐渐浓缩成了食欲。我的食欲变得这么旺盛，也就会不由自主地对生执着起来。所以，我想趁现在还有点理智，赶紧结束自己的生命。当然，自杀也属于一种果决的行为。既然是行为，仅靠理智和主观愿望是不能实现的。一点点留恋或食欲都会成为踌躇不前的借口。但是，只要理智还没有丧失，至少就不会推开你伸给我的援助之手。那么，求求你了，趁我希望你帮忙之际，伸手帮我一把吧，这么做是为了你好，同时也是为了我好。

你怎么啦，还磨蹭什么呢？我不是跟你说好装睡的吗？再不抓紧点，会鸡飞蛋打的。你不会趁我没注意，自己溜回去吧？（这是不可能的，他的脚步声不可能比来的时候更轻的。）

“你在外面吗？……要是在就答应一声……你干脆点，痛痛快快地进来行不行！”

我用力扯着肿胀的声带朝着门外喊道。没有回应，连扭动身子的动静都听不见。只有深夜的寂静，化作一阵阵铁锤敲击铁板一样的剧痛，弹回我的耳膜。这么说，是我的错觉？现在想来，刚才楼梯拐弯的小窗子咔嗒作响的声音，还有走廊里发出的就像湿抹布在地板上走动的脚步声，恐怕都是连下了三天的雨停了以后，从山上刮下来的干风在作怪。而且，我那么神经过敏自然也不是空穴来风。你今天晚上，到底也没有让她来我这儿。按说，她的裸体是我推迟死期的绝对交换条件。从你着手准备纸箱（我的棺材）到现在，已经十天了，既然她一直都未露面，我就只能理解为一切都已准备就绪，我的死期到了。就算刚才门外的响动是我的错觉，你还是会来的，这只是时间的问题。

过了不一会儿工夫，门真的被轻轻地推开了，我赶紧装睡。除了你，没有人开门这么轻，所以用不着确认就知道是你。我继续装睡。你憋了一口气，以便适应房间里的恶臭。在吸气之前，你先咽下一口唾沫，吊在胸前的拇指大小的冰块往下移了两三厘米。你把塑料水桶放在地上，一边摘去纸箱，一边环视这没有窗户的狭长房间，心里不禁再次感叹："真是和棺材一模一样。"屋子里的光源只有那盏安在天花板上的三十瓦的日光灯。日光灯的一头吊着一朵人造玫瑰花，那是对付苍蝇的。人造花的正下方，也就是房间的正中央放着一张医院用的小铁床。我像一堆肥肉似的躺在上面酣睡着，狭小的铁床显得我的身子臃肿不堪，每呼吸一次，床就随着晃动一下，仿佛在晃动融化的冰袋。我现在的模样就跟鱼店里卖剩下的老头鱼鱼块差不多。竖条纹睡衣的前襟敞开着，开水烫过的芦笋色的肚皮上，盖了一条洗褪了色的毛巾。毛巾下面露出我伸开着的无力的双腿，腿上湿漉漉的，长着几根稀稀拉拉的汗毛，活像剥了皮的乌贼。你想把鼻子吸进去的气，从闭着的嘴吐出来，于是嘴唇像橡胶阀似的振动起来。橡胶阀上面覆盖着一层不知是甲烷还是氨的结晶体，犹如舞女的紧身裤般闪烁着。每打一次盹，我的内脏就腐烂掉一块。若是参加腐烂速度比赛的话，我是决不会败给真正的死尸的。你捏着鼻子，渗出了眼泪。那是因为氧化后的汗产生的分解物渗进了你眼里。你再也忍受不了了。我不是早就告诉过你没有必要忍受吗？不用想什么杀人不杀人的，你就当是在阻止我进一步腐烂不就轻松了？

你轻轻推了推我的肩。我还在装睡。你在我的左上臂上缠上压脉带，然后在肘部内侧轻轻插入手术刀，找出静脉。皮肤上结着一层厚厚的疮痂，所以针头是绝对扎不进皮肤的。肉色发白，只出了一点点血。你用脱脂棉捏住静脉，把针头扎进去。发黑的血倒流进了注射器，粘在内壁上。针管虽然一直抽到了20cc，里面却只有3cc盐酸吗啡。你松开系在上臂的压脉带，先把这3cc推进去。即使这时我醒过来了（本来就是装睡，不会醒的），你也可以随便找个借口，说是因为看我呼吸困难，才临时给我注射3cc吗啡，好让我舒服点。眼看着我的呼吸越来越慢，松弛的表情愈加松弛，嘴上出现了死相。你还在推针管，推进去的只是空气。露在外面的静脉肿了起来，就像鱼的胃。你拔出针头，把黏合剂涂在伤口上，用手指肚儿使劲地摁着。反正你既不用考虑是否会治愈，也不用担心化脓不化脓，动作即便重了点，我也会睁一只眼闭一只眼。再说，这时我可能已经陷入昏昏沉沉的梦中了。即便你切掉我两三根指头，我也只会感觉在咬一根胡椒放得太多的维也纳香肠。突然，我的呼吸再次变得急促起来，喉咙里像猫似的发出呼噜呼噜的声音，然后又戛然而止。梦中，我站在由无数个发光的拱形构成的无影都市的入口。我欢笑着向都市里面跑去，身子飘飘然地被推向半空。因为影子消失了，体重也跟着消失了。此时躺在床上的我，咬着牙齿，下半身（像被钓起来的鱼）往上猛然一弹。整个床也随着这节拍发出嘎吱嘎吱的响声，几百根弹簧发出各自不同的音色，像篝火中燃烧的枯枝般噼啪爆响。这些噪音融进了我的梦中，接连不断地和那无数拱门形成了共鸣，奏出了为我送葬的挽歌。我抱着双膝不停地翻转着，无限欢喜，也略有点感伤。我眼前浮现出一幅在为我抽泣的她的特写。就像落叶松的幼苗那样，这特写最适于冬天的气息。我伸出手指，空气被捅了一个洞，变成了肛门。胸口很闷。一张开嘴，由于受到外面的巨大压强，舌头立刻冲了出去，再也收不回来。我刚把勃起的舌头伸进空气的肛门，梦中的景色就突然间变得漆黑一片。我死了。

你爬到死去的我的身上，怀里抱着水桶。你一屁股坐在我的胸口上，用全身的重量把我身体里的气挤出去。快要挤空时，我的喉咙里发出了噼里啪啦用指头摁爆鱼卵似的声音。等我肺里的空气被完全挤空之后，你拿来一个大漏斗塞进我的嘴里，把水桶里的东西往里灌。同时，你缓缓抬起身子，逐渐减轻压在我身上的重量。水桶里装的是海水。漏斗里的水，打着小小的漩涡。不时有海藻残渣堵住漏斗，一清除掉那些垃圾，漏斗就像有虫牙的人吸气时那样发出嗞嗞声，海水极有可能会从我嘴里溢出来。这个时候，你只要立刻加快抬起臀部的速度就行了。正常的话，等你的臀部完全离开我的胸口时，这容量为两升的水桶里的海水应该减少一半。现在，制造溺死假象的准备工作就算基本完成了。

（当然，到此为止还不能骗过法医的眼睛。要想被判定为溺死，至少要从死者肺部外的内脏中检测出海里的浮游生物。如果只有肺里有海水，那么就会让人感觉不太正常，反而会招致怀疑。一旦被人怀疑，我的尸体可谓是漏洞百出。无论是被水泡胀了也好，被鱼咬了也好，身体上的特征是掩盖不住的。从胳膊到手腕、从大腿到膝盖弯儿里头，到处都是厚厚的结了痂的疤痕。谁都能一眼看出我是一个瘾君子，而且是有多年吸毒史的瘾君子。如果没有相当可靠的地下进货渠道，在这样的小城市，能够享受到麻醉药长期供应的人，其范围是很容易划出来的。除了抓住了医生的什么把柄，向医生施加压力的人以外，就是医生本人了。统计资料也表明，从职业来看，医疗工作者染上毒瘾的比例最高。你曾因麻醉药使用量过大接受过审查，由此看来，你的处境很不妙。你想要练习写供词的心情我似乎也能够理解了。不过，现在已经来不及了。眼下你能做的，就是尽最大努力在处理我的尸体时不留下蛛丝马迹。你说什么？放心吧。绝对不会出问题！虽说我忍不住给你泼了点冷水，但是，节外生枝的情况是绝对不会出现的。你已经对几个警察举报过，说你看见街上有套着纸箱的流浪汉。无论流浪汉是怎么死的，警察都不会把他们的尸体送去检验的，因为国家的财政预算是不允许把钱浪费在这上头的。）

好了，现在该完成最后一步了。比较费事的是，把我从备用楼梯上背下去。你个子不高，对你来说一定是重体力劳动吧。还有，背起来以后，由于肺部受到压迫，我可能会吐出海水弄湿你的衣领。最好把我盖肚子的那条毛巾围在你的脖子上。然后，你得回来取纸箱，别忘了把水桶里剩的海水处理掉。一丁点疏忽都会留下致命祸根的。接下来是把纸箱套在我的尸体上，用绳子固定在我的腰部。这个活儿，把我放到拖车上后再做或许更好一些。裤子和长筒胶皮靴，最好在给我套上纸箱前就穿好。这样，所有准备工作就都完成了。只等出发了。要不要在纸箱上搭一条毛巾，以防万一啊？不行，白毛巾太显眼。路上不会遇到什么人的。万一遇到了，闪到路边让对方过去就是了。

这条路一直是下坡，拖车车轴里上足了油，肯定会轻巧得无声无息的。对了，还有那条狗！要是让那个赖皮家伙跟来可就麻烦了。出发之前别忘了用链子把它拴牢。

最后一个问题是，我的尸体扔在什么地方合适。我觉得还是以前咱们商定好的那家酱油厂后面吧。虽然那个地方拖车进去不太方便，但是那个悬崖下面就是海，我能随着海流漂走，这一点难以割舍。不知不觉间，已经一点半了。最晚你也要在三点之前把这些事干完。否则，退潮的高峰一过，运河的水流慢下来，今天夜里这件事就前功尽弃了。棘手的事推到明天的话，那可就（不知为何突然中断）

此处再次，
也是最后一次插入
一段记录

现在应该说出真相了。我要丢开纸箱，露出我的脸，清清楚楚地告诉你，这个笔记的真正作者是谁，他写这些东西的真实目的是什么。

也许你不会相信，前面写的那些事全是真实的，即便是想象的产物，但绝不是谎言。谎言是为了迷惑对方，使人远离真相，而想象却可以说是引导对方接近真相的一条近路。我们已经与真相一步之遥了。加上我最后这一点更正后，一切都会真相大白。

不用说，我没有义务必须告诉你真相。同样，你也没有义务必须相信我的话。这不是义务的问题，而是一个与现实的利害关系有关的问题。自欺欺人、含糊其词不会给我们带来任何益处。那种可以有好几种结局的推理小说，我可是不敢恭维。

的确，如今的社会好像在朝着不利于推理小说的方向

发展。写到这儿，我想起了分期付款制度的普及等新时尚。现在与以前大不相同了，几乎没有人会在分期付款上小里小气，就像没有人怕打针了一样。不过，分期付款要求当事人把自己的身份、职业、地址都一一暴露于人，以此作为担保。拥有符合担保条件的职业和姓名的人既然已经如此普遍了，那么罪犯和侦探自然就没有多少事可干了。在这样一个万事都图便利的时代，如果说还有什么人想和分期付款唱反调，把自己的脸遮起来的话，那么这种人除了地下游击队员，就是箱男了。而我就是这个箱男，是反对分期付款者的代表之一。即便逆社会潮流而上，我也要以一种黑白分明的解决方式把这本笔记写完。

我想问问你，对于安乐死，你有什么看法？下面举出昭和三十八年二月，名古屋高级法院所公布的判案标准供你参考。

一、病人必须患有不治之症，临近死亡；

二、病人的痛苦，已到了使别人不忍心看下去的程度；

三、必须以解除病人的痛苦为目的；

四、病人必须意识清醒，必须经过本人要求或同意；

五、必须由医生执行，或有充分理由；

六、致死的方法必须具有伦理意义上的妥当性。

要让我说的话，上述标准稍稍拘泥于肉体的层次。在对于人的解释上过于谨慎，也过于通俗。有些心病的痛苦，并不亚于肉体的痛苦，叫人不忍心看下去的情况不是比比皆是吗？不过，眼下这些还不算重要。我想说的是，只要被杀者是住在不受法律约束的地方的人，任何形式的杀人都可以视为安乐死。就像在战场上杀人的人、死刑的执行者不被问罪那样，杀死箱男也不算犯罪。请大家将上面所引用的判案标准中“病人”二字置换成“箱男”再读读看。显而易见，与敌兵、死囚一样，箱男也同样是原本就没有得到法律承认的存在。

所以，与其问谁是真正的箱男，不如弄清谁不是箱男，反而能够更快地接近真相。箱男拥有只有真正的箱男才知道的经历，那是冒牌箱男绝对说不出来的体验。

就拿当了箱男后，最初几个夏日来说吧。这是箱男遇到的第一个考验。至今每当回忆起那窒息感，我就恨不得用手指浑身抓挠一通。如果只是闷热还能忍受。实在热得难受时，可以去地下通道对面的大厦出口待着，借点冷气。让人无法忍受的是，前面的汗还没干透，新汗又冒出来，黏糊糊的汗就这样一层一层地堆积在皮肤上。这东西是霉菌、酵母菌和细菌最欢迎的培养基。在这发酵了的污垢层下面，被堵住呼吸通道的汗腺就像躺在干涸的海滩上的贝壳，伸出舌头喘息着。那皮肤的搔痒，比任何内脏的疼痛都难忍，足以使人崩溃。要是你想想被人全身涂满焦油进行拷问，或者浑身镀满金粉的舞女发疯时的感觉，你就能够体会到了。水果被人用小刀剥去皮后露出的果肉的白色，成天在眼前晃动。有好几次，我都想把自己的皮肤连同纸箱，像剥无花果的皮那样撕扯掉。

不过，最后还是我对纸箱的执着取得了胜利。四五天后，也许是皮肤适应了汗垢吧，几乎感觉不到痛苦了。要不然就是身体已经适应了把皮肤呼吸掉的那一部分氧气尽量节省下来的新陈代谢方式。说起来，我本来是爱出汗的，到了那年夏天快结束时，我已经能做到基本上不出汗了。也就是说，如果某个箱男还在出汗，那只能认为他还是一个冒牌箱男。

顺便我也写一写那些胸章乞丐吧。箱男最不愿意碰见的就是这帮老家伙。他们全身挂满了徽章、胸章、玩具勋章之类的东西，帽子上还像生日蛋糕上的蜡烛似的插满了小太阳旗，就跟长了一身鱼鳞一样。这些人一看见我，就高声呼喊着冲过来。我已经被人熟视无睹惯了，所以根本没反应过来，结果有一次没能躲过他们的突然袭击。乞丐们一边嘴里胡乱嚷着什么，一边跳到我跟前，从纸箱上方扎进一根什么东西来。我好容易才把他们赶走，拔下那东西一看，原来是一个插在他们帽子上的小太阳旗。

我吓得魂飞魄散，那根太阳旗的棍儿要是再偏离几厘米，说不定就刺进我的耳朵了。从那以后，我对于胸章乞丐破例采取了先发制人的方针，并因此掌握了从纸箱里向外扔重物的诀窍。首先（不是左撇子的话）从纸箱窥视窗里伸出右胳膊，以胳膊肘为轴心向内水平弯曲，带动纸箱和上半身向左扭转，借身子扭回来的力量挥动小臂，使劲把东西向目标扔出去。也就是说，动作的要领和掷铁饼差不多，只是省去了助跑。如果连胸章乞丐都对付不了，那还算不上是成熟的箱男。

不过一般来说，箱男上街后的日子大多过得比较平静，极少遇到麻烦事。害怕路人的目光、胆小怕事的感觉只是最初的两三个月，以后就好了。要是在意别人的目光，会给自己的生活带来许多不便。箱男也是人，也得吃喝拉撒，也得睡觉。这些日常营生自然是免不了的。虽然睡眠和排便对场所没什么挑剔，但吃东西就有所不同了。手头的食物吃完后，就得劳动身体去寻找食物。要想既不花钱，又不惹麻烦地搞到食品，首选就是找剩饭了。说是找剩饭，目标自然是剩饭的数量和种类都比较丰富的繁华地方了。

不过，找剩饭也得有窍门。箱男并非只要是吃的什么都行，这一点和那些只需逐渐适应口味和环境就够了的乞丐或流浪汉有所不同。这不是因为箱男太奢侈，而是卫生观念不同。虽然不能说剩饭就一定不卫生，但箱男对剩饭的印象就是不怎么好。尤其是剩饭的那种臭烘烘的气味叫箱男不能忍受。总之，这三年来我在生活上唯独没有习惯的，就是那个气味。

追根究底，剩饭的味道和气味不相对应似乎是导致我感觉不舒服的关键。鱼有鱼的味儿，肉有肉的味儿，蔬菜也各有其相应的味儿。品尝的过程，也就是对它们的混合比加以确认的过程，感觉正常时，人们才会心安理得地吃。如果吃的是炸虾，却是香蕉的味道，怎么能行；嚼的是巧克力，嘴里却是烤蛤蜊的感觉，怎能不叫人恶心？更何况，那种把许多东西胡搅在一起的剩饭发出的气味，和任何食品的味道都无法对应，即便道理明白，生理上却无论如何也接受不了。

因此，寻找剩饭的第一步就是尽量从物色那些没什么特殊气味的干燥食品入手。万万没想到，要达到这一步相当困难。餐馆里剩的东西大致可分为两类：一类是容易变质、不好保存的东西，这一类在量上占压倒性优势。餐馆把这些东西和不能吃的（方便筷、餐巾纸、破餐具等）区分开后放在一个大塑料容器里，每天早上有养猪场的卡车来回收；另一类是那些保持其原样，前一个客人吃剩下的，又不能让后一个客人吃的东西……如面包、油炸物、干鱼、奶酪、点心、水果等。这些东西似乎到处都是，可真想找的时候却不大容易碰见。也许是因为这些东西虽说是吃剩的，但不容易变质，可以再次利用的缘故吧。的确，把剩下的面包晒干碾成粉后还可以当面包粉用，油炸的鱼、鸡骨头还可以拿去煮高汤。

不过，记得我在前面写过，箱男是可以直接从商店弄到食物的，不一定非得学会找剩饭的本领。只不过，找剩饭是熟悉街道的好机会。箱男为了在喧嚣杂沓的城市中找到悠闲感觉，就务必要习惯走街串巷的生活。一旦习惯了，无论在哪儿，都会觉得时间仿佛以箱男为中心画出了同心圆。远景立刻转瞬即逝，近景总是迟迟不动，中心则是完全静止的，所以，箱男决不会感到无聊。谁要是说他在纸箱里感到无聊，那么他肯定是冒牌箱男。

好了，请想想看吧，到底谁不是箱男呢？谁没能够成为箱男呢？

D的故事

D少年一直对强悍充满着憧憬。他一直盼望自己能变得更强。不过，他并不清楚怎么样才算是强。一天，他突发奇想，决定用胶合板、厚纸和镜子做一个多角窥视镜。他在圆纸筒的上下两头平行放置两块倾斜四十五度的镜片，这样一来，就可以在圆筒的长度范围内，横向或上下移动眼睛了。他还特意在上端的镜片上装了一个纸合页，从下面拉动吊绳，就能在一定程度上控制上方镜片的转动角度。

做好以后，他先到附近公寓围墙和库房之间的过道去试验镜子的功效。那个地方还是他小时候玩捉迷藏的时候发现的。那儿是一条狭窄空间，一个死角，别说从大街上了，就是从公寓里也看不见。他一蹲下来，就闻到了一股混杂着地面潮气的鼠尿味儿。他把手臂支在膝盖上，让窥视镜紧贴着额头，然后将镜子的上端慢慢地伸到围墙上头。围墙外边是一条很陡的坡路，地势比这边低得多，即便个子很高的行人也不会有墙高。另外，人走在坡路上往往不太稳，想必谁也不会去注意眼睛上方发生的事吧。他一遍又一遍地对自己这么说，以便缓解紧张的情绪，可是，当路上的情景真的透过窥视镜映入自己眼里时，D却吓了一跳。他觉得路上的所有景象仿佛都变成了指责他的目光，他禁不住缩回了脖子。一不小心，窥视镜的前端碰在了墙上，发出掰开夏橙时的那种湿漉漉的声音，很轻易地掉了下来。他一边擦汗，一边用胶布将其重新修好。

第二次他更大胆了，能够沉着地观看镜里的风景了。一旦顶住了压力，紧张感也顿时减轻了许多。当他意识到自己不用担心别人看到自己时，心里的内疚感顿时消失得无影无踪，眼前的风景也发生了变化。他已经能够清楚感受到风景与自己、社会与自己之间关系的变化了。看来这个窥视镜还真是做对了。

其实他也没有看到什么新奇的东西。不过，柔和而又有着很强渗透力的光线，使映入自己眼里的一切都是那么光滑、柔软。从过路人的表情、穿着上感受到的敌意都被这镜子抹得干干净净。那种怀着恶意挑剔人的神情也看不到了。水泥路面、围墙、电线杆、路标等构成街景的所有凹凸不平的东西，也被这镜子削去了它们往日令人不快的棱棱角角。世界充满了温馨，仿佛每天都是永远过不完的周六傍晚似的。他透过镜子和街头玩了起来。每一次，街头都以微笑回应他。光是看这世界，也充满了乐趣！他幻想自己已经和世界签订了和平友好条约。

尝到了甜头，越来越大胆的D开始不断地更换场地四处看起来。无论走到哪儿，他都没有被这座城市责备过。只要是透过这窥视镜看，世间都无条件地表现出了宽容。他更加得意忘形。有一天他想要小小地冒一次险——去偷看隔壁人家的卫生间。那是一栋独门独院，里面住着一个中学女体操教师。也许她并不住在那栋房子里，只是为了弹钢琴才时常去那个采用了隔音材料的房子。具体情况不清楚，他也没想过要搞清楚。

可是，一旦产生了这个念头，他就觉得这才是自己一直向往的事情。甚至觉得自己的一切努力都是为此所做的准备。那栋房子和他自己在走廊尽头隔出来的小书房之间只隔着一道木板墙，所以隔壁卫生间的冲水声听上去比被隔音壁吸去高音的钢琴声还近得多、清晰得多。尽管他不可能同时听到钢琴声和冲水声，但在D的印象中，女教师结束弹琴时必定会弹的那首甜美悲切的曲子，总是与那白瓷便器凹坑里的漩涡发出的哗哗声意味深长地重叠在一起。只要感觉到隔壁卫生间里有人，他就仿佛闻到了水蒸气般伤感起来，就像那非常熟悉的曲子正轻车熟路地抽掉自己的脊梁骨。

以前他有意无意地观察过，那个隔板下方好像有一个扫出垃圾用的小出口。只要那个出口开着，就没有问题了。如果没开，就只有通过天花板的换气口偷看了。那儿的换气扇（大概是坏了吧）拆掉之后，只剩下一张遮挡虫子的金属网，虽然角度不太好，但比较有把握。当然，可以的话，他还是想从下面偷看厕所。只要想象一下自己将要窥视到的情景，D就觉得好像有一条蠕动的奶油掉进了自己的眼睛。

根据他以前的多次观察，那个女教师结束钢琴练习的时间一般集中在下午五点前后和八点前后这两个时间段。弹完琴后上卫生间的概率，八点前后高一些。可是，这个时间，他这边不怎么方便。父母都在家，很难有机会去院子。五点的话，父亲还没回来，母亲也要出去买菜以准备晚饭，经常不在家。要是打算干的话，还是五点为好。可是天还没黑，有可能被对方发觉，这就只能靠窥视镜保佑了。通过在街上到处偷看时的实践，窥视镜他已经操作自如，充满自信了。而且，一旦脑里出现了这个念头，偷窥的冲动就如同原色油漆一样把他的犹豫完全覆盖了。

那天放学回家后，为了确保五点前后自己能自由行动，他找借口拖延了母亲出门的时间。到了四点四十分左右，当他听到隔壁已经结束练习，正在弹那支最后的曲子后，他才把母亲送出家门。然后他把窥视镜夹在腋下，趿拉着坏了跟的帆布运动鞋悄悄进了院子。与他的想象相反，窥视镜根本不能从板墙的这一侧照到那边。哎！真没辙！当场被人逮住的可能性，这边更大一些，到墙那边去看，说不定反而不大容易被人发现。只要不主动告诉对方自己在偷窥……即使对方意识到在被偷窥，只要她装作没发觉……窥视者与被窥视者之间就会产生某种默契，他抱有某种朦胧的侥幸心理。他觉得偷窥是一种谨慎的、内向的爱情表白，无论如何是不应该受到严厉谴责的。

他从板墙下面的缝隙里钻到了隔壁。这院子比 D 家的院子还要湿。房子和板墙间相隔不足五十厘米，似乎没人来过这地方，地面长满了黏糊糊的地钱。他侧着身子走到卫生间和板墙之间，蹲了下来。运气真不错，小垃圾口开着一条五厘米左右宽的缝。看来这窥视镜得横着看了。他的呼吸加快了，胸部有点憋得慌。他背靠板墙，闭上眼睛，换了一口气，放好了窥视镜，对准了目标。先看见了瓷便器，它的颜色不是想象中的白色，而是淡蓝的。地上铺着白地砖，还摆着一双银色塑料凉鞋。无论怎么调整角度，视野不是偏左就是偏右，老是找不准理想的视野。别慌啊，这窥视镜是横着的，要调节上下方向，就得转动圆筒！他看见厕所的墙是带木纹的胶合板。

他觉得时间过得非常慢。今天的音乐也仿佛特别长。他全身发热，呼吸声像在吹笛子，因压力过大，头盖骨的盖子要被掀开，眼珠像软木子弹似的快要弹出来了。母亲可能快回来了。装模作样的钢琴曲的节奏，犹如神经痛时那样敲打着膝关节，他真想跳进去，把那架钢琴砸个稀巴烂。

总算熬到曲子快结束了。早已听得耳朵起茧子的最后那几小节……然后是余音绕梁的最后的和声……D 告诉自己，别抱太大的希望，指望一次就成功未免太天真了。今天气温比较高，空气又干燥，她小便的次数会相应减少的。但是他又充满了期待。D 浑身颤抖起来，仅靠鼻子呼吸已不够用了。他张大嘴巴，全身像水泵一样抖动起来。

突然，他听见背后有人说话。

“谁呀？干什么呢？不准跑！听见没有。你敢跑，我就告诉别人。”

他立刻缩成了一团，被这声音给震慑住了，连回头看的力气都没有。他只觉得自己气息奄奄，宛如吊在纸捻上抖动的赤色焰火的灰烬一般。

“从前面绕过来，走大门进来。”她说话的语气并不那么严厉，可以说是一种救赎。“喂，站起来，快一点！”声音好像还是从卫生间传来的，可是看不见人。她在哪儿呢，怎么看到我的呢？“你那个奇怪的玩意儿，别忘了拿。赶紧拐到大门这边来，门没锁。”她是等会儿再解小便呢，还是暂时不解了呢？肯定是窥视镜放得不是地方。“你明白吧，跑也没用的，快点，别磨蹭了，绕到前面来……”

看来只有照她的话办了，的确，跑也没有用。如果可以把跑也没用这一警告理解为不跑就不告诉学校和家长的话，那当然在这儿受些处罚是最好不过了。少年D觉得自己就像一只被装进麻袋的家畜，胸前抱着他那个徒劳无功的窥视镜，绕过房屋朝大门走去。一直留给他肉感质地印象的大门，现在变成了一堵坚硬的水泥门。

一进门就是一间宽敞的钢琴房。吸音墙上是密密麻麻的凹坑，看了让人浑身发痒。地上铺着绿色的地毯。他刚关上门，里面的房门就开了，女教师从里面走了出来。随后传来抽水马桶的冲水声。看来，她还是在发现了他之后才解的小便。在他意识里，便器上的雪白屁股和便器里的漩涡重合在了一起。他不敢抬头，反而感觉到了自己在与雪白屁股对视的压力。

“我把门锁上吧。”

女教师绕到他背后，咔嗒一声锁上了门。

“你不觉得可耻吗？”

“可耻。”

“快要变声了啊，也难怪啊。不过，你这么做多下流啊，太恶心了！你觉得可耻，老师就更没脸见人了。你觉得有多可耻，老师就会因为你而感觉有多羞耻。你说怎么办吧？要是今天就这么放过你，说不定哪天你还会再……”

“再也不会了。”

“谁会信呢？”

“真的再也不会了。”

“是吗……不过，也得多少给你点处罚，不能就这么算了。至少应该让你也体会一下老师刚才的心情，才算扯平了吧。”

女教师走近钢琴，在琴键上飞快地弹起来，正是每次最后弹的那支曲子。和隔着墙听到的声音不一样，这会儿听着，那美妙的音色，就像堆起来的玻璃彩珠那样华丽，像轻飘飘的绸子做的旗子迎风舞动。D 越发觉得自己的可鄙和悲惨，最后，他再也控制不住羞愧的眼泪了。

“这支曲子，你觉得怎么样？”

“很喜欢。”

“真的喜欢？”

“是的。非常喜欢。”

“你知道这支曲子是谁创作的吗？”

“不知道。”

“是肖邦啊。是潇洒而伟大的肖邦。”突然，女教师停下弹琴的手，站了起来，“好了，你马上把衣服脱了，都脱光。老师到那边去。”

D 一时间没明白她这话是什么意思。女教师走进里面的屋子后，他仍然呆呆地站在那里。

“怎么啦，你还磨蹭什么呢？”门里边传来催促的声音。“老师从钥匙眼儿里看着你呢。要是真的想改正错误，这点事还做不到吗！”

“你要我做什么？”

“脱光衣服呗。这还用问吗。既然你刚才让老师受到了同样的折磨，那么，这还不是应该的嘛。”

“请原谅我吧！”

“不行！要不然，我还是去告诉你父母好不好？”

D彻底被击垮了。他觉得自己的胃沉到了膀胱一带，胸腔里变得空落落的。他并非不愿意脱光衣服，他心里明白，在这一点上，双方似乎已经达成了默契。只是，他对自己实在没有信心。一脱光衣服，自己肯定会勃起的。他不敢想象女教师是否可以容忍自己这样的反应。她一定会生气，那自己可就真的没救了。如果不生气的话，她肯定会哈哈大笑。无论是哪种情况，都太悲惨了。或许觉得自己很悲惨，就不会勃起得那么来劲了吧？不行！只要想到自己裸体的模样，就已经开始勃起了。即便是在她的哈哈大笑声中，还是会一直勃起的。

他绝望了。万般无奈只好忍气吞声地脱掉上衣、衬衫、裤子，一丝不挂了。他勃起了。不过，门那边没有任何声音，仍然静悄悄的。不仅没声音，连那些物质仿佛都静下来了。从锁眼儿里射过来的视线化作黑色的光刺向自己的裸体。他的视野里没有了色彩，只剩下明暗对比。他感觉脚掌没有知觉了。就在他打个趔趄的瞬间，小便溢了出来。不，那不是小便，是射精。他想忍却没能忍住。他腿一软，跪在了地上，两手捂着脸，做出了哭泣的样子。其实，并没有流眼泪。他觉得自己的内脏犹如黎明时分的海滩那样，转瞬间被抽干了。

“这回，你知道了吧？”

门里面的女教师的声音也是干巴巴的。他点了点头，他的确真的知道了。现在，他对于“知道”的理解，比他刚才点头的动作，以及比他觉得自己知道了，都要深刻得多。

“你可以走了。”

里边的房门开了一条缝，扔过来的大门钥匙静静地落在地板上。其实，那个门，从里边不用钥匙也能打开。

……

◇◇◇◇◇◇◇◇◇◇◇◇

好容易走到了医院。大门却锁着，挂着一块“今日休诊”的告示牌。后院里那只黏人的狗声音嘶哑地哼哼着。我按响了门铃，由于心里焦急，所以按个不停……好像有人来开门了。突然门打开了，她欢喜雀跃地赶紧把我迎进屋里，嘴里一边飞快地说着什么，一边回身走进了里屋。我虽然没听清她说的什么，但感觉像是把我当成冒牌箱男（或者说冒牌医生）了，她好像正在埋怨着什么。这类的误会最好是尽早加以纠正。于是我咳嗽了两声，开始解释。

“我不是那位医生。我是真的箱男，是真货。是昨天晚上在桥下等你的，原来搞摄影的那个……”

她半张着嘴，从上到下迅速打量了我一番。由于太吃惊，面部的表情肌已经混乱了。

“有你这样的吗？怎么不履行约定啊。现在赶快从里面出来！你可能还不知道……”

“我知道，你说的是医生吧？刚才我在街上看见他了。”

“出来呀，求你了……”

“可我现在出不来，所以才慌慌忙忙地跑到这儿来了。”

“那可不行，事到如今你还……”

“可是我光着呢，一丝不挂的。早上在海滨浴场冲过澡后，一直在等内衣干。要从纸箱里出来，总得穿上衣服吧？本来打算穿好衣服，处理掉纸箱后，马上就来的，也好让你瞧瞧我这人说话算话。可是，我不知不觉睡着了。就像是被建筑工地的压路机压瘪了似的，睡得死死的。而且还一直在做梦，因为在梦中一会儿也没睡踏实，所以一直睡到刚才都没有睡够。这个先不提了，等我睁眼一看，晾在外面的内衣和外裤都没影了。可把我给急死了。我这才想起来，好像天快亮时，梦见几个孩子扛着一根飘着旗子的竹竿到处乱跑，看来那不是梦，而是现实。因为我总觉得那竹竿上的不是旗子，而是我的裤子。真倒霉！必须设法搞条裤子来，无论多破都行，没有裤子是无论如何不行的……于是我就朝街上走去。走到堤坝那儿的时候，我看见一个和我一模一样的箱男在堤上走着……我知道，这下可完了……找到裤子也来不及了……”

听到这儿，她突然笑起来，笑得弯了腰，浑身抖动着。开始是那种幸灾乐祸的、嘲讽的笑，后来笑累了，变成单纯地觉得好笑。到了最后，笑声变得既亲热又开朗，没有了一丝隔膜。

“光着身子来也可以呀，人就得守信用，是吧？”

“对不起，能借条裤子给我吗？旧的也可以。”

“既然这样，我也脱光得了。你不是想拍我的照片吗？两人都光着身子的话，就不会觉得不好意思了。”

“看男人裸体，也没什么意思不是？”

“错。”她毫无表情地反驳道，然后迅速脱了起来，上衣……裙子……胸罩……“我就是讨厌那个破纸箱，多一秒钟都受不了。”

她干脆地脱光了衣服，站到我的面前。嘴角露出一丝嘲讽的神色，而目光中却充满了暗淡的哀求。脱光衣服的她，看上去一点不觉得是裸体，她实在太适合裸体了。我可不能像她那样，尤其是我那露在纸箱外的下半身，看上去一定可笑极了。

“你能不能闭一下眼睛？面朝那边……”

“当然可以。”

她声音带笑地扭过身去，肩膀靠在走廊的墙上。我一边脱靴子，一边感觉浑身在发抖。我轻轻地钻出纸箱，不声不响地靠近她背后，把手搭在她的肩上。她没有反抗，于是我更贴近了她，心里对自己说，一定要把这个距离永远保持下去。

“没事吧？要是医生回来了……”

“不会回来的。他就没打算回来……”

“这是你头发的味儿吧……”

“你的屁股，圆溜溜的……”

“实话告诉你吧，我其实是个假货。”

“你不要说了……”

“不过，这笔记本可是真的。是真箱男交给我的遗书。”

“看你，一身的汗……”

（不过，不一定所有遗书上的内容都是真实的。快要死去的人会怀有某种活着的人所不能理解的嫉妒之心。其中一些乖戾的家伙，对“真相”这张空头支票的仇恨已经渗透到他们的骨子里，他们希望至少用“谎言”的钉子钉死棺材的盖子。所以不能因为是遗书，就可以不加分析地照单全收。）

在梦中，箱男也走出了纸箱。他梦见的到底是进入纸箱之前的生活，还是走出纸箱之后的呢……

我们前往的房子在坡上，相当于这座小城的出口。我是千里迢迢坐着马车来的，现在刚刚来到那座房子的门口。从我们走了这么远的路来看，这座房子与其说是小城的出口，不如说是入口。

而且，这马车有名无实，因为拉车的不是马，而是套着纸箱的人。再说得明白一点，那个拉车人是我的父亲。父亲已经年过六旬，比较守旧，固执地遵守必须用马车迎接新娘这一镇子上的老规矩，自告奋勇地代替马来拉车。而且，为了不让我跟着难堪，他用纸箱遮住了自己。父亲这么做，也有不让新娘子难堪的意思。

当然，如果我有钱雇马车的话，父亲也不至于到这个地步，我也不会求他这么做。如果因为付不起马车费，我就不能结婚，未免太悲惨了。所以，我除了接受父亲这份好意之外，别无选择。

但是六十岁的父亲毕竟不是马。这坡道太难走了。父亲已经累得呼哧呼哧直喘，行进的速度也不及真正马车的十分之一。我这个新郎官又不能下来帮着推车，所以，马车走得十分缓慢。而时间却跑得很快。再加上车子颠簸得厉害，我的生理要求终于达到了极限，可也不能发什么牢骚。

马车停下了。父亲从纸箱上取下人们套在马背上的皮带样的东西（我不知道它的名称），透过纸箱前面掀开的窗户朝我笑了笑，一脸的虚弱疲惫。我也朝他露出僵硬的笑容，从车板上爬下来。对，说是马车，其实就是货运马车。反正事先并没有说不能用货运马车，再说，一旦结了婚，它就属于我了。我气喘吁吁地踅着腿跑到路边，立刻解开裤子前面的扣子，放松了下腹部的肌肉，沉浸在了飞向远方山脉般的解放感中。

“喂，肖邦！你怎么这样啊？”

背后传来父亲极度惶恐的叫喊。我太大意了。新娘家和道路之间隔着一大片灌木丛，所以我确信自己方便时绝对能够被遮挡住，可是万没想到我的新娘早就等不及了。大概是远远听到了马车声，她就跑到路边来迎接我们了！令人哭笑不得的是，新娘子因为顾忌和害羞，就躲在那片我赖以隐身的灌木丛后边。结果我们俩的视线碰到了一起。毫无疑问，她刚才看到了我的阴茎。我看见穿着白色衣裳的新娘子在树丛中穿行，听见她轻轻跑远的脚步声，犹如用木槌敲打门的响声。万事休矣！经过那么长时间的日思夜想和苦苦期盼，好容易摇摇晃晃地走过希望与绝望之间的细绳子，再向前迈出一步就到达对岸了，谁知这一念之间，脚下的细绳子就被一把利斧斩断了，这叫我怎么能受得了啊。

“父亲不是她的监护人吗？求你了，帮我想想办法吧。”

我眼里涌出了悔恨的泪水。我一边哭泣，一边还在继续小便。地上被冲出一个小坑，渐渐变成淡黄色的水洼冒着热气向四周扩散开去。

“我说肖邦，关键是要能够放弃……”父亲从窗子里伸出手，轻轻地拍打着纸箱，伤心地开导我，“我也求求你了，就断了这个念想吧。有露阴癖的男人不适于结婚，现在的姑娘都知道的。”

“我没有露阴癖。”

“可是别人这么看，有什么办法？被人家看见了呀。”

“早晚不是也要结婚吗？”

“你就看在爸爸给你当马的这份情义上，像个男子汉似的放弃吧。求你了，幸好没有其他人看见。将来，肖邦传无论写几百本，这个丑闻也不能让别人知道。因为随地小便而决定了一个人的命运，这个内容写进传记绝对不合适，你说是吧？当然了，这不是你的错，应该由对露阴癖抱有偏见和不积极建公厕的市政部门来负这个责。好了，走吧，这个小镇子已经没什么可留恋的了。咱们应该去到处都有公共厕所的大城市啊！只要有公共厕所，大便也好，小便也好，还不是都随你的便……”

就算去了大城市，这心理创伤也愈合不了。这个事先不说了，奇怪的是，父亲怎么叫我“肖邦”呢？一想到这次受到伤害的也不是我一个人，就不想追究肖邦的事了。总之，正如父亲所说，这座小城的确不能再待下去了，我现在是真正理解了。正在小便时毫不设防的状态会导致怎样的后果，我算是领教了。

我们扔掉了马车，可是父亲断然拒绝脱掉纸箱。他坚持说，这事一半责任在他，所以还要再当一段时间马，这是做父亲的义务，我怎么也说服不了他。于是，我只好骑在父亲的纸箱上，离开了这座住了多年的小镇子。

到了大城市，我们租了一间带钢琴的阁楼，暂且安身。我总觉得，只是绕了个圈儿，又从后门进了她家似的，可是，说不清究竟是怎么回事。听说忘记悲痛的最好方法是做手工活。于是，父亲不知从哪儿给我弄来了画纸和钢笔。我以钢琴为桌，开始在画纸上不停地描绘着回忆中的她。随着熟练程度的提高，她自然而然被画成了裸女。

“肖邦，你小子还真有点画画儿的天分哪。我看不错。不过你也知道，咱们的腰包并不乐观。所以呢，跟你商量商量，你能不能画得小一些，节约点纸呢……”

父亲说得在理。问题不在纸的大小，钢笔画儿画小一点反而能增强表现力。我把纸裁得越来越小，继续画下去。纸变小了，画一张画所用的时间就相应缩短，因此纸的使用量反而有所增加，结果我就不得不将纸裁得更小。最后发展到用大头针把拇指肚儿大小的纸固定住，然后借助放大镜去描画肉眼看不清的密密麻麻的细线条。只有聚精会神地干这种细活时，我才能感觉到自己和她在一起。

有一天，我发现了一件怪事。一直静悄悄的阁楼里来了好多人。奇怪，以前怎么没注意到呢？人们从钢琴前一直排到了门口，好像还延伸到了走廊上。站在最前面的那人先把钱塞进钢琴旁边的纸箱里（父亲当然在纸箱里面），然后如获至宝似的领取一张我的作品。对此情景，我并不怎么吃惊，仿佛这种状态已经持续很久了。我还注意到，最近家里的饭桌也比以前丰盛多了，那个当桌子用的旧钢琴，也不知什么时候换成了新的三角钢琴，父亲的纸箱也鸟枪换炮，成了后面带锁的红色真皮的了。原来，我不知不觉间得到了社会的普遍认可，画好一张立刻就被买走一张，无论我画多少，买画的人排成的长龙丝毫没有缩短。

不过，现如今我对这些已经不在乎了。父亲好像打算用赚来的钱买一匹马，但这也和我没多大关系。其实，从那次小便事件以来，我一次也没看见父亲从纸箱里出来过。里面那个人是否真是我父亲都值得怀疑。最令我忧郁的是，我的画儿中的她永远是昔日的样子，而真正的她经过这么多年的岁月消磨，一定老了很多，再也不能恢复到画中的模样了。一想到这些，当年和她分别时的痛苦就会复苏，泪水就会从我松弛的泪腺里涌出来。每当此时，父亲总是不失时机地从纸箱里伸出手来，甩一甩新买的丝手帕，将它按在我的眼睛下面。因为画儿毕竟太小，哪怕是一滴泪水，都会立刻濡湿画纸，使得整幅画都废掉。

就这样，现在我的名字已经家喻户晓了。每一本百科辞典中都列有肖邦的条目，称我是世界上第一枚邮票的发明者和制作者。但随着邮电事业的发展和国有化的逐步实施，我的名字又作为假邮票制作者而广为人知。因此缘故，没有一个邮局里会挂我的像。只有父亲一生中最后喜欢用的红色（皮箱的颜色）被作为邮筒的颜色继承了下来。

开幕前五分钟

——此刻，我和你之间猛然刮过一股热风，是那种肉欲般的、灼人的热风。这风是什么时候开始刮起来的，我也说不准。此刻我由于这股热风和气压，已经失去了时间感。

不过我也知道，风向早晚会变的，会突然间变成冷飕飕的西风。到了那时，这热风就会像梦幻一般，从皮肤上被抹去，再也不会被想起。是的，这股热流来得太猛烈了，那里面已潜藏着消失的预兆。

如果你问我这是为什么，我也能做出自己的解释。问题是这解释你是不是愿意听……虽然明知会成为我一个人唱独角戏，我也不想让你觉得无聊。怎么样……我接着往下讲……还是……

——好的，可以讲一点……

——讲一点？五分钟？

——对，五分钟的话，正好告一段落。

——那是，这不是恋爱吗？不过，它和那种逐渐热烈起来，变成一座高耸的雾之塔，最后凝结成形的恋爱可不是一回事。简单地说，这是一种始于失恋预感的恋爱……也就是始于结局的逆向恋爱。有位诗人说过，爱是美好的，被爱却是丑陋的。那么，始于失恋的爱就根本不值一提了。这种恋爱是否美好，我说不好，至少可以说这痛苦之中没有悔恨……

——这是为什么呢？

——你问什么？

——我问你为什么非要讲已经结束了的事情？

——并没有结束，是刚刚以失恋开始啊。你没看见这热风越刮越大吗？

——你觉得热，那是因为现在是夏天。

——看来你还是没明白。这当然是个故事，是个现在进行时的故事。可既然开始听了，你也有义务成为其中的一个人物。眼下已经有人向你表露爱意了。不管你是感到不快也好，觉得愚蠢也罢，你都必须演好分配给你的角色。

——为什么呢？

——最重要的不是结局，而是我们的皮肤现在感受到了这股热风的事实。结果如何不是问题所在，现在刮来的这股热风本身才重要。只有在这样的热风中，那些沉睡的话语和感觉才会像带着高压电似的闪着蓝光发散出来。这是人能看见灵魂实体形态的一个千载难逢的时刻。

——真是太了不起了！这样花言巧语地蒙人，你自己当然是绝对不会受伤的。不过，你的算计是不是也太露骨了点？

——说得不错，也许真实只占一半。不过如果你坚决不承认另一半的话，我就此打住也可以。

——你很想说下去吧？

——当然。

——好，你还有两分钟的说话权利。

——你在勉强自己。

——还是不要浪费时间为好，对吧？

——对，我也很珍惜时间，但是我不想挽回已经流逝的时间。与我心中的你相比，你心中的我只不过是一个微不足道的存在。不过，要想脱离这种痛苦的话，时间会慢慢地使它们消融。如果有毅力，充分施展追求对方的本事，也不是完全没有可能获得小小的和平和幸福。所以我才如此珍惜这以失恋开始的难得遇到的热风啊。多么美好的语言之林和肉欲之海……只要轻轻触摸你的肌肤，时间就会凝固，永远就会降临。因为在这热风的痛苦之中，我会被施以直到死也不会消失的肉体变形术……

开幕铃声还没响起，剧已闭幕

现在，我可以充满自信地说出我没有错了。也许失败了，但我没有错。失败根本不能作为后悔的理由。因为，我并不是为了结束一切才活到今天的。

大门咔嗒一声关上了。

她走了。事到如今我既不生气，也不感到怨恨。关门的声音里含着深深的怜悯和关切。我们之间既没有争斗也没有憎恨。即便是她，可能的话，也不想从大门出去的吧。所以她顾忌关门时发出什么声音。再等十分钟左右，我就去把那个门钉死。我并不是在期待她回来，只是想等她走远了，因为我不想让她听到钉门的声音。

大门钉好后，剩下的就是给二楼的备用楼梯上门栓了。窗户、通风口都已经用胶合板和纸箱封得严严实实的，连白天的光线都别想照进来，何况现在还是阴天的傍晚。整栋房子都处于与外界完全隔绝的状态，进口和出口都没有了。干完上面两件活儿后，我就出发。这种逃逸，只有箱男才做得出。用什么方法，逃到哪里去？关于这些，我打算在这笔记本的最后再写。

十分钟后——

现在玄关大门已经钉好了。我的手有点颤抖，左手拇指指甲根那儿擦破了皮，渗出了点血，不过一会儿就不痛了。

回想起来，我从外面回来，直到她离开的这段时间里，我们都没说一句话。不是没有一点遗憾。但这遗憾不是说两句话就能消除的。语言起作用的阶段已经过去了。我们只需对视一下就能了解对方的心情。太过完美的事物只不过是崩溃过程中出现的一种现象。

她的神情有些紧张，也许是她化的淡妆给人紧张的印象吧？表情变化只是她的变化中的极小部分，我并不怎么在乎。问题是她现在穿着衣服。她穿的是什么样的衣服，现在都不重要。她已经赤裸裸地生活了快两个月了。我在纸箱里面也是赤裸的。在家里时，我们两个人都是赤身裸体的。除了我们俩之外，没有其他人。住户门牌、诊所的招牌都已拿掉，门口的红灯也关掉了，偶尔来看病的人也已绝迹，所以连休诊告示牌也没有必要挂出去了。

我每天套着纸箱上一次街。像透明人一样在街头走来走去，目标主要是以食品为中心的日用品。去同一家商店，一个月内只要不超过一次，就不用担心会被人发现。虽然说不上奢侈，但也绝不会感觉拮据。只是两个人的话，照这种方式生活几年都没有问题，这一点我很有自信。

每次回来，当我从后面的备用楼梯上到二楼，刚一卸下纸箱，脱掉长筒胶皮靴，等候已久的她就会光着身子从楼下跑上来，这是一天中最刺激的时刻了。虽然时间很短，但我每次都会勃起。我们两人会摇摆着身体，紧紧拥抱在一起，不留一丝缝隙。但是，此时我们的语言却贫乏得可笑。她的头正好在我鼻子下边，每当我喃喃地说“我闻到了你的头发味儿”时，她必定接上一句“圆溜溜的”，不停地抚摸我的臀部。语言的贫乏并不是个问题。因为语言的有效范围，是在两米五之外，仅用于识别他人。而且楼梯旁太平间的存在，也完全没有在两人间投下什么阴影，因为我们根本没有把这间屋子当回事，所以，它也就等于不存在。

几分钟后，等我渐渐平静下来，我们才终于松开了拥抱。然后一齐走向走廊尽头的厨房。尽管松开了拥抱，但我们总是让彼此身体的某一部分继续保持着接触。比如她在洗菜池旁削土豆皮、切葱时，我就总是坐在她的身旁，慢慢地摩挲她的两腿。厨房的地上长了一层霉。真正的厨房在楼下，这里原来是为方便以前的住院病人配备的厨房，不过基本没人用过。重新使用这里，自有我们的道理。因为走廊对面有间空房，便于扔厨余垃圾。像烂菜叶、鱼头之类，即便是装进了塑料袋里，也会很快被老鼠咬破，撒得满地都是。半天时间，这些东西就开始腐烂，每次开门时，一股刺鼻的臭气就会扑面而来。就连这个，我们都不予理会。一是因为，接触别人的肌肤时，人的嗅觉好像会发生变化；二是因为我们在潜意识里觉得，这种臭气说不定有助于我们忘记太平间的存在。当然，我们两人从未议论过这臭气，只是乐观地讨论，要使垃圾填满整个房间，估计至少要半年的时间。

可是，我们真的是乐观的吗？我觉得，这只能说明我们一开始就放弃了希望。这些热情，不过是想要燃烧成灰烬的冲动。也许我们只是急于尽快燃烧成灰烬吧。我们虽然害怕燃尽前的中断，但若说是希望在现世中生存下去，又值得怀疑。让垃圾塞满那个房间是半年以后的事，太遥远了，我们没法想象。从早到晚，我们俩都保持着身体某个部位的接触。两人之间很少超出半径两米五的距离。这么近的距离，几乎看不见对方，我们倒也不觉得有多别扭。把看到的对方的某个部位在想象中组合起来，感觉还挺清楚的，而且愈加感受到自己并没有被对方看清楚的解放感。我在她的面前，被分解成了一个个局部。她除了评论过我的臀部的触感外，从来没有对我的整个人格发表过喜欢或者不喜欢之类的意见。我也无所谓。语言这东西对于我俩已经没什么意义了。时间也完全停止了。三天也好，三周也罢都差不到哪儿去。无论燃烧多久，一旦燃尽，也就是一瞬间的事。

因此，当我发现今天她穿着衣服跑上楼来（而不是赤裸着身体），默默地仰起头看着我的时候，我并没怎么乱了方寸，只有些重回到了原点的失落感。我只是觉得自己单方面裸体十分难堪。就像被驱赶着似的，我立刻钻回到自己的纸箱里，下面能做的，只有静静地等待她的离去。她皱着眉头，环顾了一下四周，装做没注意到我，一心寻找那股熏人臭气的源头的样子。然后，她慢慢转过身，回自己房间去了。我也轻手轻脚地走回了以前的诊室。既然回到了原点，那就有可能再一次从头开始吧。应该能够一次又一次地从头开始。我侧耳倾听着她在走廊那边的动静。一点动静也没有。她莫非是在等我提出再从头开始的请求？可是，无论有多少次从头开始，最终不过是在这同样的地方、同样的时间里，不断地重复而已。

时钟的表盘在磨损
磨损最厉害的
是8字周围
每天都会被那粗糙的目光
注视两次
所以才风化了
8字对面的2字
由于夜间眼睛闭着
过站不停
磨损程度只有8的一半
若说某人的表盘
整个都风化了
只剩下了一个平面
那一定是他没来得及上表
他的表慢了一圈

所以总觉得世界快了一圈
他以为自己所看到的
是还没开始的世界
梦幻之中
表针垂直地立在表盘上
还没听见开幕铃响
剧已落幕

……

◇◇◇◇◇◇◇◇◇◇◇◇

现在该是揭开谜底的时候了。我听到的，其实是她的房门发出的声音。大门的开关声是不可能听到的，因为那个门早就被我钉死了。而且费了不少力气，钉得很结实。她根本出不去。备用楼梯的门也上了锁，所以她现在应该还被关在这栋房子里。隔开我们两人的，只是那可气的上衣和裙子。不过，只要我关掉电源，这些服装的作用就会完全失去。看不见了，不就等于是裸体吗？被穿着衣服的她窥视，我实在受不了。在黑暗中的话，她就跟盲人没什么区别。她又会变得温顺如初。于是我也感觉轻松了，因为不用再费心思去琢磨那些自己不情愿的计划了——诸如挖掉她的眼睛之类。

我从纸箱里出来的条件，就是把世界关进纸箱里去。现在这世界必须闭上它的眼睛。一定会如我所愿的。这栋房子里一切能制造出影子形状的东西——手电筒自不用说，连火柴、蜡烛、打火机等都被收起来了。

我不急不慌，过了一会儿，才切断了电源。然后，不卑不亢地去了她的房间。当然是脱掉了纸箱，光着身子。可是，走进去后，意想不到的景象使我大惊失色，完全不是我想象中的黑暗一角的微弱存在。与想象之间的落差太大了，与其说让我吃惊，不如说令我大惑不解。因为原来的房间变成了紧邻某个车站的小店后面的胡同。隔着胡同，小店对面是房地产公司兼私营行李寄存处。在这只能通过一个人的窄巷子里，即便是对这一带不熟悉的人，从地形和方位也能立刻知道，这里是被车站建筑封住的死胡同。除了想找个地方解决内急的人外，不会有人到这里来的。

成捆的胶皮管……汽油筒改装的焚化炉……废纸箱堆……跟废旧自行车堆在一起的五盆即将枯死的植物，这些东西堵住了通道。她为什么会到这种地方来呢？即便是为了找寻纸箱，可她打算从这儿去哪儿呢？

我穿过这些破烂继续朝前走，只见尽头有一个狭窄的水泥楼梯。楼梯不太陡，而且只有五级。从楼梯下去后，是一块厚实的水泥平台，真让人难以置信。我一眼就看出来，这里原来似乎是计划建一座人行过街天桥，开工后又改变了计划，结果就这样被搁置了。

我下到了平台上。这时突然刮起了大风，远处铁路工地夜间施工的声音随风飘来。天空是一片浑浊的紫红色，大概是街头的霓虹灯光染红了云彩吧。再向前跨一步，平台就中断了，七八米高的下面，可以看见两条铁轨。这铁轨夹在流着鸟粪一样眼泪的混凝土墙中间，像是悬空在未完工大楼的钢筋上的施工用升降机。

我必须找到她。可是一步也不能再往前走了。看来这儿也不过是被封闭的空间的一部分。问题是，她到哪里去了呢？我心惊胆战地瞅了下面一眼，黑乎乎的，什么也看不见。再往前走一步的话，会怎么样呢？我很好奇。应该差不多吧，反正都是同一个建筑物中发生的事。

对了，趁着我还没忘，再做一点重要的补充吧。加工纸箱时最重要的是，一定要在箱壁上留有足够你涂鸦的空白。不对，空白这东西没有不够用的时候。无论你写多少东西，都不可能把空白填满。我常常感到吃惊的是，有些涂鸦本身就是空白。至少署自己名字所需的空间，永远是有的。当然了，你要是不愿意相信，完全没有关系。

实际上，纸箱这玩意儿，从表面上看，只是一个非常简单的立方体，可一旦从里面往外看，它就像是成百个智慧之环连接成的迷宫。你越是挣扎，纸箱就犹如人身上又长出了一层皮，不断增加迷宫里的岔路，变得越来越混乱。

可以肯定的是，杳无踪迹的她应该就躲藏在这迷宫里的某个地方。其实她并没有跑掉，只是没有找到我所在的地方吧。现在，我已经有充分的把握这么断言了。我一点都不后悔。因为线索多的话，真相也应该和线索的数量同样多。

救护车的鸣笛声越来越近了。

图书在版编目(CIP)数据

箱男 / (日) 安部公房著 ; 竺家荣译. -- 上海 :
上海译文出版社, 2025. 4. -- ISBN 978-7-5327-9786-8
Ⅰ. I313.45
中国国家版本馆 CIP 数据核字第 2025T8X541 号

箱男	[日] 安部公房 著	出版统筹 赵武平
		责任编辑 许明珠
箱男	竺家荣 译	装帧设计 尚燕平

上海译文出版社有限公司出版、发行
网址: www. yiwen. com. cn
201101 上海市闵行区号景路 159 弄 B 座
上海景条印刷有限公司印刷

开本 850×1168 1/32 印张 6 插页 2 字数 82,000
2025 年 4 月第 1 版 2025 年 4 月第 1 次印刷

ISBN 978-7-5327-9786-8
定价: 40.00 元